Malu Cailloux

Wege des Schicksals

AF176224

Malu Cailloux

Wege des Schicksals

Roman

Bibliografische Information der Deutschen
Nationalbibliothek:
Die Deutsche Nationalbibliothek verzeichnet diese
Publikation in der Deutschen Nationalbibliografie;
detaillierte bibliografische Daten sind im Internet über
http://dnb.dnb.de abrufbar.

Geschrieben von Malu Cailloux 2019

© 2023 Malu Cailloux

www.malu-cailloux.ch

Lektorat: Solvejg Muheim

Herstellung und Verlag: BoD – Books on Demand,
Norderstedt

ISBN: 978-3-7568-5833-0

Der Glaube ist der Anfang aller guten Werke

Martin Luther

PROLOG

Rio de Janeiro

Endlich wurde es in der Favela, dem Armenviertel von Rio, etwas ruhiger. Die schütteren Blechhütten, die sich am Hang reihenweise türmten, zeigten, wie armselig menschliche Geschöpfe auf dieser Erde hausten. Der Name Favela stammt ursprünglich von einer immergrünen Pflanze, welche sich an unmöglichen Stellen emporrankt. Nur konnte man dieses Elend nie und nimmer mit der efeuartigen Pflanze vergleichen. In vielen Ländern Südamerikas lebten die Ärmsten der Armen in solchen Slums. Tag für Tag hofften sie zu überleben. Das Land, von den wenigen Reichen beherrscht, hatte den Überblick über das Elend schon lange verloren. Das Motto der Regierung lautete: „Man überlebt oder man stirbt!" Häufig wurde die Favela von Erdrutschen heimgesucht und forderte etliche Todesopfer. Wiederum tobten in den Slums Kriege zwischen Drogenbossen, die Zivilisten das Leben kosteten. Weder dem Militär noch der Polizei gelang es, diese Bandenkriege zu stoppen. Das Eingreifen war äußerst gefährlich und schon einige Polizisten und Soldaten waren dabei getötet worden.

1.

Als sich die Hitze des Tages in den frühen Morgenstunden endlich legte und die gewalttätigen Handlungen sich aufgelöst hatten, fanden die erschöpften, hoffnungslosen Menschen ein wenig Schlaf. Eine dunkle Gestalt mit schwarzem Umhang und Kapuze pirschte lautlos durch die übelriechenden Gassen der Favela. Nicht einmal die streunenden abgemagerten Vierbeiner kamen aus ihren Verstecken, wenn das Böse vorbeihuschte. Fenster und Türen besassen die Blechhütten keine. So konnte sie mühelos einen Blick in die heruntergekommenen Behausungen werfen. Wo nichts war, glaubte jeder, konnte man auch nichts stehlen. Doch da lag man falsch. Es gab immer etwas, das man rauben konnte und gegen Geld oder Drogen eintauschen konnte. Eine heruntergekommene Hütte am Fuße der Favela war ihr Ziel. Dort wohnte auf engstem Raum ein junges Paar. Nein, eher waren diese Menschen mit ihren vierzehn und fünfzehn Jahren noch Kinder. Der Junge arbeitete hart und verdiente kaum etwas, wenn er von morgens bis spätabends Obst an den befahrenen Straßen von Rio verkaufte. Seine Freundin war nach der Geburt ihres Kindes an einem schrecklichen Husten erkrankt und konnte ihm nicht mehr helfen. Das junge Mädchen lag, von Schwäche und Schmerzen benommen, auf einer schmutzigen Decke am Boden. Der wimmernde kleine Säugling, den sie nicht mehr stillen konnte, neben ihr. Halb weggetreten und von Krämpfen geschüttelt betete sie stumm um Erlösung. Zu schwach, um die dunkle Gestalt zu bemerken, die in zerlöcherten Sandalen zur Türe hereinschlich und den Säugling mitnahm. Der Junge, der ihr gegenüber in der Ecke zusammengekauert schlief und leise schnarchte, war zu erschöpft von der Arbeit und dem Hunger, der ihn plagte, um auch nur andeutungsweise etwas wahrzunehmen. Sie hatten kaum zu essen. Die wenigen übriggebliebenen matschigen Früchte, die jeder fortwerfen würde, brachte der Straßenhändler seiner Frau mit. Die Sorgen, die ihn plagten, waren ihm schon lange über den Kopf gewachsen. Seine Gesundheit und damit auch seine Lebensgeister zerrten ihn langsam und grauenvoll in den Abgrund.

Die alte Frau rannte mit dem Bündel, verdeckt unter dem Umhang, durch die von Müll und Unrat verseuchten Gassen aus dem Armenviertel. Einige Kilometer legte sie zurück, bis sie ein viereckiges Betongebäude erreichte. Beim Wareneingang, der im hinteren Bereich abseits der Straße lag, klopfte sie ungeduldig an eine rostige Metalltüre. Endlich öffnete eine dunkelhäutige Frau mit einer befleckten Arbeitsschürze die Türe und riss ihr den Säugling richtiggehend aus den knochig dürren Armen. Dann überreichte sie der Alten einen kleinen Stoffsack gefüllt mit Kokablättern. Ein zufriedenes Grunzen war die Antwort der Diebin und die rotumrandeten Augen blitzten kurz gierig auf. Dann schloss sich die Tür wieder und der stumme Austausch war geregelt. Die verkrüppelten dürren Finger lechzten nach dem Inhalt. Bevor sich die Alte ein Kokablatt in den Mund stopfte, kicherte sie irre in sich hinein und zeigte dabei ihre braunen verstümmelten Zähne. Danach verschwand die schwarze Gestalt lautlos im Morgengrauen, um sich während des Tages vor dem Sonnenlicht und der Hitze zu verstecken. Erst in den frühen Morgenstunden würde sie wieder ihr Unwesen treiben.

Die junge Mutter starb noch in dieser Nacht, mit dem Holzkreuz in der schlaffen Hand. Ein sanftes Lächeln voller Vertrauen auf den blassen Lippen. Sie wusste insgeheim, dass ihr Kind nicht in Armut sterben musste. Der Ehemann weinte bitterlich um seine Liebe. In seinem Schmerz gefangen, vermisste er nicht einmal das Kind. Er verließ die schäbige Hütte und lebte wie früher auf der Straße, bis auch er dem Husten und den ansteckenden tödlichen Bakterien erlag.

2

Heitor Dias fuhr leise vor sich hin pfeifend in seinem alten Lastwagen auf der holprigen Straße nach Hause. Schon sehr früh morgens war er auf dem Weg nach Rio gewesen, um sein Obst in der Markthalle abzuliefern. Normalerweise erledigte diese Arbeit sein Schwager Lorenzo, doch da er einen dringenden Termin abwickeln musste, machte er die Fahrt heute selbst. Ein strahlendes Lächeln überzog sein markantes gebräuntes Gesicht, als er einen Blick in den Korb auf seinem Beifahrersitz warf. Der kleine Säugling, der tief und fest schlief und mit den Mundwinkeln zuckte ließ sein Herz jubeln. Endlich war er mit seinen fünfzig Jahren doch noch Vater geworden. Auch wenn es eine Tochter war, die seine Früchteplantage erben würde, so hinterfragte er nicht, woher das Kind kam. Er hatte reichlich dafür bezahlt und unendlich viele Adoptionspapiere unterschreiben müssen. Doch um seine Frau Isabella, die heute ihren zweiundvierzigsten Geburtstag feierte, glücklich zu machen, war der beschwerliche Weg es wert gewesen. Sie waren von nun an eine richtige Familie und das war alles, was zählte.

Nach einer vierstündigen Fahrt in das Landesinnere erreichte der Plantador am Rande des Regenwaldes seine Früchteplantage. Die Sonne stand bereits hoch am Himmel und die Feuchtigkeit, die sie aufgesogen hatte, würde sich schon bald wieder entladen. Die ersten grauen Wolken und das Rumpeln eines entfernten Donners kündigten das tropische Gewitter an. Mit eiligen Schritten, den Weidenkorb von seinen muskulösen Armen geschützt, eilte er zur Fazenda. Das herrschaftliche Haus, bereits über Generationen in Besitz der Dias, stand erhöht, zum Schutz vor Überschwemmungen, Erdrutschen und wilden Tieren. Heitor musste einige massive hölzerne Treppenstufen erklimmen und erreichte die überdachte Veranda gerade noch rechtzeitig, bevor die ersten großen Regentropfen herunterprasselten. Seine Frau Isabella kam ihm entgegengelaufen, um ihn freudig zu begrüßen. Sie war eine kleine zierliche Frau mit dunkler Haut und einem freundlichen Gesicht. Das schwarze Haar ordentlich aus dem Gesicht nach hinten gebunden und die Lippen leuchtend rot geschminkt, küsste sie ihren Mann, erleichtert darüber, dass er wohlbehalten zurückgekehrt war. Sie bemerkte den Weidenkorb erst, als er ihn an ihre großen, weichen Brüste drückte und der Säugling wimmernde Geräusche von sich gab.

„Alles Gute zum Geburtstag, minha querida." Heitor streckte ihr lächelnd das Geschenk entgegen.

„Ai meu deus, que fofino (Oh mein Gott, wie niedlich)".

Mit Freudentränen in den Augen hob sie den Säugling vorsichtig aus dem Korb und küsste dabei das von dunklem Flaum bewachsene Köpfchen. Sie atmete tief den Duft nach Babypuder und Fenchel ein.

Heitor war glücklich wie nie zuvor, als er das freudige Strahlen im Gesicht seiner Frau sehen konnte. Er hatte die richtige Entscheidung getroffen. Endlich war ihr Traum in Erfüllung gegangen und sie war Mutter geworden. Vergessen waren die schmerzhaften Erinnerungen an die drei Fehlgeburten und das Leid, das sie getragen hatte. Für die kleine Confianza begann nun ein neues Leben.

Confianza Dias wuchs unbescholten und mit einem Privatlehrer auf der Fazenda Verde in Corola del Colinas auf. Sie war ein fleißiges, ruhiges Kind, das seinen Eltern viel Freude bereitete. Ihre schwarzen langen Haare trug sie geflochten auf dem Kopf und ihre Augen hatten die Farbe von dunkler Schokolade. Zusammen mit ihrem Cousin Miguel, dem jüngsten Sohn von Heitors Schwester Luciana, half sie in der Obstplantage aus, wenn sie Zeit erübrigen konnte. Die beiden wurden auserwählt, das Erbe gemeinsam zu führen. Sie liebten sich wie Bruder und Schwester, zankten sich oder lachten, bis ihnen der Bauch wehtat. Während der privaten Unterrichtstunden nervte Miguel, der auch daran teilnahm, den alten Lehrer oftmals bis zur Weißglut, und wenn ihn dann sein Onkel wütend zur Rede stellte und dem Lausebengel mit einer Tracht Prügel drohte, war es Confianza, die ihren Vater beschwichtigte und um mildernde Umstände bat. Heitor konnte seiner Tochter keinen Wunsch ausschlagen und Isabella nähte dem Kind die schönsten Kleider.

„Eine hübsche Frau soll nur das Beste tragen", erklärte die Mutter stolz ihrem Kind und kaufte bereits wieder etliche Bahnen neuen Stoff dazu. Sie hoffte, Confianza würde auch einmal einen solch guten Ehemann wie Heitor finden und wünschte sich insgeheim, dass die Wahl auf den temperamentvollen Miguel fallen würde. Nur wenige Menschen wussten, dass ihre Tochter adoptiert war. Die Eltern brachten es einfach nicht übers Herz, es ihrem Kind zu erzählen. Sie schoben die Entscheidung, mit der Begründung beiseite, abzuwarten, bis Confianza älter und reifer geworden war.

So verging die Zeit. Isabella Dias wurde sehr krank und hatte nur noch ein Jahr zu leben. Heitor entschied, das Geheimnis nicht preiszugeben und die ganze Sache auf sich beruhen zu lassen. Es war für das Mädchen traurig genug, die Mutter zu verlieren. Die Familie Dias durchlebte eine sehr harte Zeit. Zuzusehen, wie die geliebte Isabella dem Krebs von Tag zu Tag mehr erlag und an Schmerzen litt, die man nur mit Opiaten lindern konnte, war grauenhaft.

Als ihre Mutter starb, war Confianza fünfzehn Jahre alt und Heitor beschloss, seine Tochter auf eine Eliteschule in die Schweiz zu schicken, wo sie die beste Ausbildung bekommen sollte. Für das schüchterne ruhige Mädchen war diese Entscheidung, von zu Hause fortgehen zu müssen, ein absoluter Albtraum. Confianza bettelte, flehte und weinte, doch ihr Vater ließ sich diesmal nicht erweichen. Zu tief hatte ihn der Tod seiner Frau getroffen. Heitor war ein starker Mann, der nicht gern Schwäche zeigte und nur schon der Gedanke, auch seine Tochter noch zu verlieren, brachte ihn beinahe um den Verstand. Im Internat war sie gut aufgehoben und kam zweimal im Jahr nach Hause. Bis dahin hoffte er, sich wieder gefangen zu haben und seine Trauer in den Griff zu bekommen.

„Es sind ja nur vier Jahre und du lernst dort viele Menschen aus anderen Ländern kennen. Die Ausbildung ist die beste, die ich dir bieten kann. Dazu kommt, dass die Schweiz das sicherste Land auf Erden ist. Der Wohlstand in dem kleinen Land, im Herzen von Europa, soll dir zeigen, was man mit Fleiß und Ehrlichkeit erreichen kann", meinte der Vater tröstend und Confianza musste sich wohl oder übel der Entscheidung fügen.

3.

Auch in Los Angeles packte ein junges Mädchen ihre Sachen zusammen, um das Internat in der Schweiz zu besuchen. Hope, ein aufmüpfiger Teenager, die Tochter einer ehrgeizigen Filmschauspielerin und eines berühmten Musikers, warf ihre Kleider mit lautstarken Verwünschungen an ihre Eltern in den Koffer, der offen auf dem Bett lag. Ihre rotblonde Lockenpracht tanzte bei jeder ihrer ausholenden Bewegungen um ihr Gesicht und verfing sich in ihren übergroßen dreireihigen Ohrringen. Ihre gerade kleine Nase zierten drei winzige glitzernde Piercings. Die herzförmigen, vollen Lippen, die normalerweise zu einem Lächeln neigten und die kleinen Grübchen an den Mundwinkeln betonten, waren zu schmalen länglichen Strichen gepresst. Die smaragdgrünen Augen waren gefährlich zusammengekniffen und verhießen nichts Gutes.

„Scheiß auf euch, Mallory und Brian", zischte sie gefährlich leise, „ich werde euch diese Entscheidung gründlich vermasseln." Aus den Winkeln der dichten, langen mahagonibraunen Wimpern rannen Tränen, die sie wütend mit dem Handrücken wegwischte. Mit aggressivem Kraftaufwand versuchte sie den übervollen Koffer zu schließen. Doch die Kleider quollen teils an den Enden hervor und verhinderten ihren kläglichen Versuch, ihn mit dem ganzen Körpergewicht zuzudrücken. Hope stampfte fluchend mit dem schwarzen knöchellangen Stiefel auf den Boden, als sich die Türe öffnete und ihr Halbbruder das Zimmer betrat. Bruce war sechs Jahre älter und der erstgeborene Sohn von Brian Schnyder, ihrem Vater. Mit seinen blauen Augen und der dunkelblonden Lockenpracht war er das Abbild des berühmten Musikers.

„Hey, Schwesterherz, kann ich dir helfen?", meinte er mit einem leger gedehnten Akzent, und schon nach dem ersten Versuch gelang es ihm, das Gepäckstück zu schließen.

„Mir ist nicht mehr zu helfen", konterte Hope und warf sich ihrem Bruder weinend an die Brust.

Bruce strich ihr liebevoll den Rücken entlang und beruhigte sie mit seiner tiefen melodiösen Singstimme, die ihm schon einiges an Geld eingebracht hatte, denn er war zweiter Leadgitarrist und Sänger in der Band seines Vaters. „Die Zeit heilt die Wunden und den Schmerz. Leider konnte ich Brian nicht von dem Plan abhalten und deine Mutter erst recht nicht. Die schiebt die ganze Schuld auf Dad, der ja die Kosten für die Eliteschule übernehmen muss."

„Ach, ich scheiß auf Mallory. Ihr ganzes Leben besteht aus einem egozentrischen Schauspiel." Hope schnäuzte sich verärgert ihre rotverfärbte Nase und blickte ihren Halbbruder flehend an: „Bitte bring du mich zum Flughafen."

„Natürlich, Süße, das lass ich mir nicht nehmen", erwiderte Bruce lächelnd.

Sofort erhellten sich ihre grünen Augen und auf ihren herzförmigen Lippen erschien wieder das typische anziehende Lächeln. Auch Hope war eine begnadete Schauspielerin und wechselte ihre Launen wie ein Chamäleon seine Hautfarbe.

Der Flug nach New York war lang und die Businessklasse gut besetzt. Hope musste am Flughafen-JFK noch vier Stunden warten, bis endlich die Maschine nach Mailand zum Abflug bereit war. In Mailand-Malpensa, dem italienischen Flughafen, hatte sie dafür einen direkten Anschluss mit einer Chartermaschine nach Lugano-Agno. In dieser Zeit schlief sie nur wenig und ihre Gedanken kreisten dauernd um ihr Leben, das komplett aus den Fugen geraten war. Hope wurde dieses Jahr erst sechzehn, doch in ihrer Seele fühlte sie sich müde und verbraucht.

Lag es am unseriösen Lebensstil, den sie die letzten Jahre mit Drogenexzessen und Sex gepflegt hatte? Wahrscheinlich war dies der Ausschlag gewesen, aber der Ursprung begann in ihrer frühen Kindheit. Aufgezogen von einer ehrgeizigen, berühmten Schauspielerin, die kaum Zeit fand, sich um ihre Tochter zu kümmern. Mallory stellte lieber ein Dutzend Nannys ein, welche diese Aufgabe übernehmen sollten. Hope war ein schwieriges Kind gewesen. Durch ihre Trotzphase, die schon seit dem zweiten Lebensjahr stark ausgeprägt war, vertrieb sie etliche Erzieherinnen und machte ihrer Mutter das Leben zur Hölle. Als Hope dann das Teenageralter erreichte und völlig auf eigensinnig spielte, schickte Mallory in ihrer Verzweiflung die aufsässige Tochter zu ihrem Vater Brian Schnyder, von dem sie schon einige Jahre geschieden war.

Am Anfang fand Hope das Leben bei ihrem Vater viel interessanter. Sie durfte der Band „The Hurricane" bei den Proben zusehen, begleitete die Truppe auf ihren Tourneen und lernte dabei die bekanntesten Musikstudios kennen. Aber in dieser Zeit erwachte auch das rege Interesse an Männern. Einer davon war der Gitarrist und Backgroundsänger der Band, Bobby McLean. Ein unglaublich attraktiver Mann mit schwarzer Lockenmähne, braunen sanften Augen und einer tiefen Stimme.

Natürlich war Bobby das Interesse, das Hope ihm entgegenbrachte, nicht verborgen geblieben und es schmeichelte seinem Ego besonders, denn vom Alter her hätte er gut ihr Vater sein können. Der Musiker war ausgesprochen ehrgeizig und strebte eine eigene Karriere an. Die Band „The Hurricane" war ihm nur Mittel zum Zweck. Da er wusste, dass Brian eine Affäre mit seiner Tochter nicht billigen würde, trafen sich die beiden in geheimen Verstecken. Hope, die sich unsterblich in Bobby verliebt hatte, genoss die erste sexuelle Romanze. Sie schnupfte zum ersten Mal das weiße Pulver, träumte davon, eines Tages seine Frau zu werden, und lebte in ihrer vernebelten Fantasiewelt. Für Bobby hatte das geheime Versteckspiel etwas Reizvolles, doch mit der Zeit wurden sie bei ihren Treffen nachlässig. Die Presse bekam Wind von der Sache und überraschte die beiden, als sie in leidenschaftlichen Küssen versunken gerade ins Motel verschwanden. Das Foto wurde am nächsten Tag in den Zeitungen auf der Titelseite präsentiert. Darauf folgte eine entsetzliche Szene ihrer Mutter. Mallory forderte nach einer gehässigen Auseinandersetzung mit ihrem Ex die sofortige Übergabe der Tochter.

Brian trennte sich unverzüglich von seinem Musiker Bobby McLean. Der Rauswurf seines Bandmitglieds kam ihn teuer zu stehen, denn damit brach er nicht nur den Vertrag, er demolierte dem Mann zusätzlich bei einer Schlägerei sein attraktives Gesicht und brach ihm die Nase. Brian musste Bobby deshalb eine gewaltige Abfindungssumme zahlen und war stinkwütend.

Bis das Ganze sich nicht nur in den Medien beruhigt hatte, musste Hope ihren Eltern versprechen, sich anständig zu benehmen. Sie nahm ihrer Mutter zuliebe Schauspielunterricht, Tanz- und Gesangsstunden. Doch es füllte ihr trostloses Leben nicht aus. Mallory wollte es mit Malerei und Musik versuchen. Als sie nach drei Monaten herausfand, dass sie schwanger war, versuchte sie Bobby McLean, den sie nicht vergessen konnte, zu kontaktieren. Der wiederum trieb sich nicht nur in den Klatschspalten, sondern auch im echten Leben mit reichen Frauen herum, die ihm, so hoffte er, eine Karriere als Musiker finanzieren würden. Hopes Geständnis, dass er Vater werden würde, kam ihm sehr ungelegen. Er willigte ein, sich mit ihr zu treffen.

Hope verschwieg ihrer Familie die Schwangerschaft. Es brauchte eine enorme Überredungskunst, bis ihre Eltern sie zu ihrem Halbbruder ziehen ließen, der außerhalb von L.A. wohnte. Bruce versprach Brian und Mallory, auf Hope achtzugeben. Als Einziger von der Familie wurde er, natürlich gezwungenermaßen, in ihr Geheimnis eingeweiht. Die Verpflichtung Hope gegenüber Schweigen zu bewahren, fiel Bruce sehr schwer.

Zuerst war Bobby McLean für eine Abtreibung, doch bei einem weiteren Treffen hatte er seine Meinung plötzlich geändert. Er versprach Hope, ihr und dem Kind beizustehen, jedoch mit der Bedingung, alles geheim zu halten.

„Ich möchte auf keinen Fall, dass Brian und Mallory ihre Anwälte einschalten", meinte der Musiker und fügte an, „wir werden das schon irgendwie hinkriegen." Mit seinem treuen Blick und seinem ungeheuren Charme unterlag das minderjährige Mädchen seinem Einfluss.

Bruce, als Bruder und Freund von Hope, war äußerst misstrauisch gegenüber Bobby. Er hatte diesen arroganten Musiker noch nie gemocht. Als er jedoch feststellen musste, dass sich seine kleine Schwester so sehr auf das Kind freute und eine Abtreibung in ihrem Stadium nicht mehr in Frage kam, wollte er sich nicht weiter einmischen. Sein Missfallen behielt er deshalb für sich.

Hope schien mit dieser neusten Entscheidung sehr zufrieden zu sein. Sie malte eifrig, musizierte fleißig und fühlte sich in seinem großzügig angelegten Appartement richtig zu Hause. Hope traf sich außer mit Bobby mit keinen Leuten, trug weite Blusen und darunter dehnbare Jeans. Im Stillen hoffte sie immer noch, mit dem Vater ihres Kindes eine Familie gründen zu können. Regelmäßig traf sie sich mit ihm und der Mann zeigte sich einfühlsam, fragte nach ihrem Wohlbefinden und tauschte mit ihr Zärtlichkeiten aus.

Zwei Wochen vor dem Termin traten die Wehen ein. Wie besprochen hatte Bobby McLean eine private Klinik organisiert. Die Hebamme und der Arzt standen unter Schweigepflicht. Leider gab es bei der Geburt Komplikationen, die zu einem Kaiserschnitt führten. Nach der Narkose, als Hope benommen aufwachte, berichtete man ihr, dass das Kind kurz nach der Geburt verstorben sei. Der Schmerz saß tief und als Bobby sie kurz darauf mit den Worten verließ, dass es nun nichts mehr zwischen ihnen gab, das sie verbinden würde, brach sie komplett zusammen. Sie verfiel dem Alkohol und dem Kokain, schlief den Tag durch und feierte jede Nacht bis in den Morgen hinein. Die Clubs, die sie besuchte, hatten nicht gerade den besten Ruf.

Nicht einmal Bruce gelang es, Hope zur Vernunft zu bringen. Deshalb setzte er sich eines Tages mit seinem Vater in Verbindung. Er wollte nicht, dass plötzlich Fotos seiner Schwester in die Öffentlichkeit drangen. Nun schaltete sich

Brian erneut ein. Ihr Vater stoppte sofort ihre Orgien und Exzesse. Nach einem langen ausführlichen Gespräch mit Mallory beschlossen ihre Eltern, dass ein Aufenthalt in einer Eliteschule außer Landes das Beste für Hope wäre. Das Geheimnis ihres verlorenen Kindes, das eigentlich die Ursache ihrer Ausschweifungen gewesen war, verschwieg die Tochter. Bruce, den das Ganze sehr belastet hatte, verpflichtete sich weiterhin, Stillschweigen darüber zu bewahren.

Am Flughafen Lugano-Agno wurden Hope, zwei Kanadier und eine Brasilianerin von einem kleinen Bus der Eliteschule abgeholt. Giuseppe De Tesco, ein Mann mit gepflegtem graumeliertem Bart, wartete mit erhobenem Schild auf die vier Neuankömmlinge. Er begleitete den Trupp samt Gepäck durch den kleinen Flughafen zum Kleinbus. Der Mann war außer Fahrer auch noch der Abwart des Internats und betrieb gemeinsam mit seinem Sohn eine kleine Schreinerwerkstatt. Seine Frau Teresa und auch die Tochter Bontà, die dasselbe Alter besaß wie die neuen Schülerinnen, halfen im Internat bei der Reinigung mit. Giuseppe De Tesco war ein zufriedener genügsamer Mann, scheute keine Überstunden und war ein fleißiger Arbeiter. Da sein Englisch nicht besonders gut war, beschloss er die vier Schüler, die schweigsam auf den Rücksitzen saßen und aus den Fenstern starrten, sich selbst zu überlassen. Vom Flughafen Lugano-Agno, der in einer Talschneise in Bioggio liegt, konnte man auf dem Weg nach Lugano die schöne Aussicht auf den Lago di Lugano genießen.

Den San Salvatore und auch die Gegend darum herum verglich Confianza mit Rio, nur war dies hier eher eine Miniaturausführung. Das Heimweh rührte an ihrer Seele und sie machte mit ihrem Handy ein paar Aufnahmen, die sie ihrem Vater schickte. Sie fühlte sich total isoliert und eine

Traurigkeit stieg in ihr auf. Zum ersten Mal hatte sie ihre geliebte Heimat verlassen und dies noch gezwungenermaßen. Confianza unterdrückte die aufsteigenden Tränen, die sich in ihren Augen bildeten, und schluckte den Kloß, der ihr in der Kehle steckte, hinunter.

Mit einer starken Rechtskurve bog der Kleinbus ins Zentrum der Stadt ab und schlug einen neuen kurvenreichen Weg durch steile bewaldete Hänge an. Kaum hatten sie die erste Anhöhe erklommen, kam auch schon die Eliteschule auf einer mit alten knorrigen Bäumen überzogenen Hügelkette in Sicht. Das weitangelegte Areal war mit mehreren Gebäuden bespickt. Die Häuser waren aus Stein, farbenfroh und verschnörkelt, wie es im Süden der Schweiz üblich ist.

Giuseppe De Tesco hielt vor dem Haupthaus, dessen Einfahrt von einer blumenprächtigen Rabatte geschmückt wurde. Das Gebäude, eine vormalige alte Villa aus dem 18. Jahrhundert, wirkte beeindruckend. Die aus Stein gemeißelten Ornamente waren noch vor gar nicht allzu langer Zeit aufgefrischt worden und ein sonnengelber Farbton zierte die Fassade. Die Dachuntersicht und die Rahmen der Fenster waren weiß gestrichen, während die Holzläden, in Olivtönen gebeizt, leicht glänzten.

Gemeinsam luden sie das Gepäck aus. Dann führte Giuseppe De Tesco die neuen Schüler ins Sekretariat, wo Donna Peressca, die Direktorin der Schule, sie herzlich begrüßte. Die ältere Dame drückte den Jünglingen, die ein Zimmer teilten, mit einem freundlichen Lächeln einen Schlüssel in die Hand und der Abwart führte die beiden die Treppe hinauf. Der linke Trakt war für die männlichen Studenten gedacht.

„Es ist den weiblichen Schülerinnen verboten, in den linken Trakt zu gehen und umgekehrt genauso", erklärte Donna Peressca mit hochgezogener Braue, während sie Hope und Confianza nach oben begleitete, wo sie den rechten Korridor anstrebte. „Missachtete Verbote werden mit Einträgen bestraft", fügte sie bei und übergab den beiden die Schlüssel. Die Amerikanerin und die Brasilianerin wurden somit zu Zimmergenossinnen und teilten während ihres Aufenthaltes den Raum und das Badezimmer.

Das mühsame Schleppen der schweren Gepäckstücke hatte endlich ein Ende genommen. Froh darüber traten die jungen Mädchen in ihr neues Zimmer. Die hohe verzierte Decke und die Wände waren alle in Weiß gehalten. Zwei Landschaftsbilder, in Pastellfarben gemalt, schmückten den kleinen Korridor, der auch eine Garderobe enthielt. Das Zimmer selber war angemessen und war nur mit dem Nötigsten möbliert. Zwei einfache, nicht gerade große Kommoden wurden je von einem Stuhl und einem Beistelltisch flankiert. Den großen Holzschrank mussten die zwei Mädchen miteinander teilen.

Hope warf ihren Koffer einfach auf eines der Betten und schritt zielstrebig auf den kleinen Balkon zu. Sie öffnete die hohen engen Türen und quetschte sich auf die kleine Fläche, wo sie eine verknitterte Packung Marlboro aus der hinteren Hosentasche zog. Mit einem Feuerzeug, auf dem die amerikanische Flagge prangte, zündete sie sich eine Zigarette an und inhalierte genießerisch einen tiefen Zug.

Confianza betrachtete dabei Hope aufmerksam und setzte sich auf das andere Bett. Zwischen den beiden Mädchen hatte noch kein großer Austausch stattgefunden, da sie sich erst knapp vor einer Stunde kennengelernt hatten. Beide waren sehr wortkarg und so entstand sofort eine gewisse Distanz. Die schüchterne Brasilianerin wusste einfach nicht so recht, wie sie ihre Zimmergenossin einstufen sollte. Das rothaarige Mädchen war ihr beim Einsteigen in Milano bereits aufgefallen. Ihre Schönheit und der blasse Teint waren das pure Gegenteil ihrer braungebrannten Haut. Die selbstsichere Art und die stattliche Größe ließen sie um einiges älter wirken, denn sie musste etwa im selben Alter sein. Bis jetzt hatte die Amerikanerin an ihr und der Umgebung kaum Interesse bekundet. Ein Nicken zur Begrüßung und ein kurzes Händeschütteln mit dem Austauschen der Namen war das Einzige gewesen, was zwischen ihnen stattgefunden hatte. Auf ihrem Gesicht lag stets ein leicht überheblicher Ausdruck. Das dezente Lächeln um ihren Mund gelangte jedoch nicht bis zu den smaragdgrünen Augen, die Confianza so beeindruckten. Eine solche Farbe hatte sie bisher noch nie gesehen. Die kühle zur Schau gestellte Maske dieses attraktiven Mädchens irritierte Confianza und weckte ihr Interesse. Zum ersten Mal war die Brasilianerin, die ihre Heimat zurückgelassen hatte, zu abgelenkt, um ihrer Traurigkeit nachzuhängen.

Hope spürte den intensiven Blick des dunkelhäutigen Mädchens auf sich. Die dunklen Augen durchbohrten sie regelrecht. Mit den rabenschwarzen Haaren, die sie zu Zöpfen geflochten hatte und eng um den Kopf gesteckt trug, schien die Südamerikanerin sehr jung und wirkte fast ein bisschen kindlich. Im Gegensatz zu ihrer eigenen Bekleidung, die aus tiefsitzenden Jeans mit Löchern und einem bedruckten kurzen Shirt bestand, das den Bauch mit dem Nabelpiercing freigab, trug Confianza ein elegantes knielanges Kleid mit weißen Spitzenbordüren. Auch die Schuhe waren das pure Gegenteil.

Während Hope knöchelhohe schwarze Stiefel trug, zierten die kleinen Füße von Confianza glänzende dunkelblaue Lackschuhe. Hope fixierte ihre Zimmergenossin mit einem abwertenden Blick. Die zierliche Brasilianerin zuckte kurz eingeschüchtert zusammen. Um ihre Unsicherheit und den Stolz zu bewahren, streckte Confianza langsam ihren Rücken durch. Somit wirkte sie eindeutig größer und ihre Haltung drückte unbeabsichtigt eine gewisse Selbstsicherheit aus. Die schokobraunen Augen verdunkelten sich und wirkten beinahe schwarz. Ohne den Blick abzuwenden, begann Confianza freundlich zu lächeln. Die Traurigkeit war in dem Moment ganz von ihr gewichen. Hope, erstaunt über den plötzlichen Gefühlswandel des Mädchens, fühlte Bewunderung in sich aufsteigen. Ihre herzförmigen Lippen verzogen sich zu einem freundlichen Lächeln, so dass ihre Grübchen an den Mundwinkeln hervortraten. Hopes Augen schimmerten dazu wie Smaragde. Confianza war sehr gerührt von dieser Geste und fasste in diesem Augenblick Vertrauen zu der Fremden. Hope drückte die Zigarette mit der Stiefelspitze aus und kam wieder ins Zimmer zurück. Ihr entrang ein lautstarker, herzergreifender Seufzer tief aus der Kehle und ließ Confianza aufhorchen. Hope machte eine abwertende Geste und sprach darauf mit ihrer rauchigen Stimme: „So ein verdammter Scheiß, einfach abgeschoben zu werden. Findest du nicht?"

Confianza, die gut englisch sprach, nickte im Einvernehmen und entgegnete: „Wir werden es ihnen zeigen und die Zeit, die wir hier verbringen, so richtig genießen."

Hope war ausgesprochen erleichtert, eine Verbündete gefunden zu haben, und brach japsend in ein lautes Lachen aus. Confianza stimmte sofort in das Gelächter ein. So entstand auf Anhieb eine enge Verbindung zwischen den beiden Mädchen. Wer hätte gedacht, dass so ungleiche Wesen sich so wunderbar verstehen würden.

4.

Die Eliteschule wurde mit eiserner Hand geführt. Die drei älteren Pädagogen versuchten ihr Bestes und überwachten ihre Schüler mit Argusaugen. Der Lehrstoff war eine echte Herausforderung und die Hausaufgaben ein Muss. Wer sie vergaß, bekam einen Eintrag. Bereits drei Einträge wurden der Direktorin gemeldet und diese informierte umgehend die Erzieher desjenigen Schülers. Dank Confianza, die alles sehr pflichtbewusst ausführte und Hope mit ihrer ruhigen, liebevollen Art überzeugen konnte, doch fleißig zu lernen, profitierte sie von ihrer Zimmergenossin auf eine andere Weise. Wenn sie einmal einen freien Tag bekamen, was sehr selten vorkam, wurden die Schüler mit dem Kleinbus ins Zentrum von Lugano gebracht, wo man sie am frühen Abend wieder abholte. Diese Ausflüge genossen die beiden jungen Mädchen sehr. Natürlich wurden sie in den Restaurants von den einheimischen jungen Männern sofort angesprochen und zu Drinks eingeladen. Sie begnügten sich allerdings mit süßen Getränken oder Eiskaffee. Confianza lernte dabei, nicht bei jeder Annäherung eines Verehrers zu erröten, und beobachtete Hope, wie diese schamlos und gekonnt flirtete. Das versteckte Rauchen, das die Amerikanerin auf dem Gelände oder nachts, wenn sie nicht schlafen konnte, auf dem kleinen Balkon pflegte, wurde von Confianza als übles Laster und ausgesprochen gesundheitsschädigend abgetan. Hope lächelte nur entwaffnend, wenn die Brasilianerin sie wieder einmal, mit der Stirne in Falten gelegt, deswegen tadelte und dachte: „Meine kleine unschuldige Confianza, wenn du wüsstest, was ich schon alles erlebt habe, würden dir die Haare zu Berge stehen." Über ihre Familien sprachen sie kaum. Vor allem Hope wich bei Fragen stets aus. Manchmal begegnete ihnen während des Tages die Tochter von Giuseppe De Tesco, dem Hauswart und Mann für alles. Das Mädchen reinigte zusammen mit ihrer Mutter die öffentlichen Räumlichkeiten. Die privaten Zimmer wurden von den Schülern selber in Ordnung gehalten. Bontà, so hatte sich die dunkelhaarige Tessinerin vorgestellt, war im gleichen Alter und grüßte immer sehr höflich. Ihre Körpergröße lag zwischen Hope und Confianza. Meist trug sie während der Arbeit verwaschene Jeans und darüber eine gestreifte Schürze. Voller Elan rollte sie jeden Tag von Neuem den Putzwagen durch die Gänge. Stets hielten die drei ein kurzes lustiges Schwätzchen miteinander. Die milde Aufrichtigkeit in Bontàs Wesensart erkannten die zwei Schülerinnen sofort und das angeborene freundliche Benehmen imponierte den zwei Mädchen sehr. Eine Schönheit war die Tessinerin nicht gerade mit ihrem zerzausten kastanienbraunen, gelockten Haar, welches sie meist zu einem kurzen Pferdeschwanz zusammengebunden hatte. Aber die interessanten witzigen Gespräche machten dies allezeit wett. Meistens trug Bontà eine rote Baseballmütze auf dem Kopf und wirkte dadurch sehr jugendlich. Die wilden Locken befreiten sich bei der Arbeit aus dem Haarband und untermalten ihr schmales Gesicht mit den graugrünen Augen.

Einmal, als Confianza und Hope ihren freien Tag antraten, kam ihnen Bontà entgegengelaufen. In der schwarzen Buntfaltenhose und der eleganten weißen Bluse wirkte sie sehr geschäftsmäßig. Ihr schulterlanges gelocktes Haar trug sie offen. Unter dem Arm klemmte eine rechteckige dunkelblaue Mappe.

„Hallo Bontà", meinte Hope lächelnd, „kommst du mit uns nach Lugano?"

Die Tessinerin schüttelte bedauernd den Kopf, während Confianza sie bewundernd musterte: „Mensch, siehst du heute gut aus. Beinahe hätte ich dich nicht erkannt. Was machst du hier?"

Verlegen stapfte Bontà von einem Fuß auf den anderen und antwortete: „Ein andermal komme ich gern mit, aber heute habe ich Unterricht. Margrit Studer gibt mir freiwillige Nachhilfe in Sprachen und Beat Keller in Buchhaltung."

Die beiden Pädagogen waren seit der Eröffnung des Internats dabei und würden bald in den Ruhestand gehen. Sie kannten Bontà, als sie noch herumkrabbelte, und da sie keine eigenen Familien besaßen, war ihnen das aufgeweckte Mädchen ans Herz gewachsen. Die Eltern und auch ihr Bruder Antonio waren rechtschaffene Leute. Bontàs Klugheit und Wissensdurst waren ihnen sofort aufgefallen und so entschlossen sie sich, das Mädchen in ihrer Freizeit zu fördern. Seit das Mädchen die öffentliche Schule besuchte, gaben sie dem Kind zusätzlich privaten Unterricht. Dafür wurden sie von der Familie De Tesco oft zum sonntäglichen Essen eingeladen. Bontà wäre gerne mit den Internatsschülerinnen mitgegangen, aber ihr Pflichtbewusstsein ließ es nicht zu.

Hope musste ihr das Bedauern angesehen haben, denn sie zwinkerte der Tessinerin zu und entgegnete zuversichtlich: „Gut, aber am nächsten Sonntag machen wir etwas zusammen." Die Hupe des Taxis, das vor dem Eingang stand, war das Zeichen zum Aufbruch. Von diesem Tag an vergnügten sich die drei in der freien Zeit, vor allem an den Wochenenden, des Öfteren zusammen. Dabei entwickelte sich zwischen den unterschiedlichen drei Charakteren eine enge Freundschaft.

5

Die Sommerferien waren herangerückt und so trennten sich die Wege der drei Freundinnen für einen längeren Zeitraum. Natürlich blieben sie telefonisch in Kontakt, auch wenn sie weit weg auf anderen Kontinenten weilten. Aber diese Gespräche konnten nicht mit ihren gemeinsamen erlebten Stunden verglichen werden.

Bontà half ihrer Mutter, den alljährlichen Großputz im Internat durchzuführen, und legte das verdiente Geld für ihre Zukunftspläne auf die Seite. Eines Tages würde sie eine eigene Treuhandfirma gründen, denn sie hatte ein besonderes Talent für Zahlen.

Ihr Bruder, der eine Schreinerlehre absolviert hatte, zog in den Sommerferien nach einem traumatischen Erlebnis und einer hässlichen Scheidung wieder zuhause ein. Bontà liebte Antonio, der sehr früh hatte heiraten müssen, da seine Freundin Alberta mit achtzehn Jahren schwanger wurde. Die beiden kannten sich von Kindesbeinen an und als der kleine Marco geboren wurde, schien das Glück perfekt zu sein. Das junge Paar lebte in einem alten, etwas abgewirtschafteten Wohnhaus. Antonio half in der kleinen Schreinerei seines Vaters mit und verdiente nicht gerade ein Vermögen. Doch die kleine Familie konnte überleben und alle Rechnungen begleichen. Nebenbei absolvierte Antonio die Meisterprüfung, somit durfte er sogar einen Lehrling einstellen.
Dann kam ihr Sohn auf die Welt. Der junge Mann war gerade durch das Gröbste und erfreute sich an seinem Kind, als etwas Schreckliches passierte. Das Leben der glücklichen Familie geriet komplett aus den Fugen und konnte danach nie mehr gekittet werden. Der kleine Marco, gerade erst drei Monate alt

geworden, brabbelte an einem gewöhnlichen Wochentag zufrieden in seinem Sitz im Keller des Waschraumes und spielte mit seinen kleinen Fingern, die er sich in den Mund stopfte. Der Schnuller hing an einer farbigen Kette des Strampelanzugs. Alberta hatte ihren Waschtag und trug die Bettwäsche in den Trockenraum. Dort hing sie die Laken an dem weißen Wäscheseil auf. Glücklich summend beendete die junge Frau ihre Arbeit und schlenderte mit dem leeren Waschkorb zurück zum allgemeinen Waschraum, wo sie noch eine weitere Maschine füllen wollte. Eine Stille, die schon fast unheimlich wirkte, lag bedrückend im Raum. Wo war der kleine Marco? Der Sitz samt Säugling war verschwunden.

Alberta geriet in Panik und telefonierte aufgebracht mit ihrem Mann, während sie verzweifelt das ganze Gebäude durchsuchte. Hatte irgendwer Schabernack mit ihr getrieben? Vielleicht Teenager, die das Kind irgendwo versteckt hatten?

Antonio beruhigte seine Frau und versprach, in etwa einer halben Stunde zu Hause zu sein. Als er eintraf, saß Alberta weinend auf den Treppenstufen. Eine Nachbarin, die gerade vom Einkaufen kam, stand daneben und redete beruhigend auf sie ein. Allmählich kamen auch noch weitere Mieter dazu. Ein älteres Ehepaar, das seit zehn Jahren in Rente war, half mit, das Gebäude von oben bis unten zu durchsuchen. Man klingelte bei den einzelnen Mietern und hoffte, dass sie etwas gesehen hatten. Ein Mann, der als Nachtwärter in einem Fabrikgebäude arbeitete, schüttelte nur verschlafen den Kopf und erklärte, nichts gehört und gesehen zu haben.

Dann traf die Polizei ein, die nach Spuren des vermissten Kindes suchte. Niemand hatte etwas gesehen oder etwas Absonderliches gehört. Es war grauenhaft. Marcos Name stand weltweit auf der Vermisstenliste, doch gefunden wurde er bis heute nicht.

Die junge Mutter verfiel von Woche zu Woche mehr in Depressionen. Zuletzt musste man sie in eine psychische Einrichtung bringen lassen. Sie bekam starke Medikamente und nach der Entlassung ließ sie sich von Antonio scheiden. Alberta fand sich in ihrem Leben nicht mehr zurecht. Ursprünglich in Kalabrien geboren, zog sie wieder zurück zu ihrer Familie. Sie wollte das schreckliche Erlebnis ein für alle Mal vergessen und das konnte sie nicht, solange sie in Lugano blieb.

Auch für Antonio war das plötzliche Verschwinden seines Sohnes ein harter Schlag gewesen. Niemand konnte ihm sagen, was mit Marco geschehen war. Die Polizei vermutete, dass eine Kindesentführung stattgefunden hatte. Weltweit agierten kriminelle Organisationen und beteiligten sich an solchen Machenschaften. Sie verkauften Säuglinge und Kleinkinder für horrendes Geld und verdienten dabei ein Vermögen. Die Hoffnung, den kleinen Marco zu finden, sei gleich null, erklärten ihm die Beamten mit Bedauern. Was waren das nur für Monster, die aus Geldgier Eltern einfach ihre Kinder entrissen. Voller Gram und am Boden zerstört hielt er die Einsamkeit in der kleinen Wohnung nicht mehr aus. Antonio zog zurück zu seiner Familie, die ihm half, die Trauer und den Schmerz zu verarbeiten. Bontà trug viel dazu bei, dass ihr Bruder dieses Trauma überwinden konnte. Sie unternahmen in der Freizeit viele Ausflüge. Die Wanderungen und Bootsfahrten lenkten ihn von den tiefsinnigen Grübeleien ab.

6

Confianza wurde am Flughafen Santos Dumont in Rio de Janeiro von ihrem Cousin Miguel abgeholt. Ein halbes Jahr war vergangen, seit sie ihre Heimat Brasilien hinter sich gelassen hatte. Erleichtert, wieder Boden unter den Füßen zu haben und die tropische Luft zu schnuppern, fiel Confianza Miguel zur Begrüßung um den Hals. Ein leichtes Schmunzeln zeigte sich auf dem gebräunten attraktiven Gesicht ihres Cousins: „Meine liebe Confianza, du wirst immer schöner. Die Schweiz tut dir gut."

Der große, kräftig gebaute Brasilianer musterte das junge Mädchen vor sich. Enge, hüfttiefe Jeans und ein weites pinkfarbenes T-Shirt schienen die kleine Cousine vollends zu verändern. Knöchelhohe, grelle neonfarbige Turnschuhe leuchteten an ihren zierlichen Füßen. Das selbstbewusste Auftreten war ihm nicht entgangen, denn als ein paar Jugendliche mit ihrem Gepäck vorbeistürmten und begeisterte Rufe folgten, die nur ihr allein zu gelten schienen, errötete die sonst so schüchterne Confianza nicht einmal. Ja, sie war eindeutig älter und reifer geworden, musste sich Miguel voller Stolz eingestehen.

Die Wochen, die sie zuhause verbrachte, waren für die Brasilianerin ziemlich enttäuschend. Heitor Dias, ihr Vater, war sehr beschäftigt. Er freute sich zwar, seine Tochter zu sehen, zog sich aber die meiste Zeit in sein Büro zurück. Er war seit dem Tod seiner Frau Isabella sehr gealtert und Sorgen schienen ihn zu plagen, über die er jedoch mit niemandem sprechen wollte. Dem jungen Mädchen war es langweilig und sie fühlte sich erneut von einer Traurigkeit befallen. Um diesem Zustand zu entgehen, bot Confianza dem Cousin ihre

Hilfe an. Miguel war inzwischen Geschäftsleiter der Plantage geworden. Der junge Mann half tatkräftig bei allen Arbeiten mit. Mit der Geschäftigkeit vergingen auch die Semesterferien ziemlich schnell. Doch dieses Mal wurde die Brasilianerin nicht von Traurigkeit erfüllt, als sie wieder in die Schweiz flog. Confianza freute sich, ihre Freundinnen wiederzusehen.

Hope lag ihr Urlaub schwer auf. Kaum hatte sie amerikanischen Grund und Boden betreten, überfiel sie eine tiefe Melancholie. Niemand wusste, wann sie genau eintreffen würde, und so nahm sie sich am Flughafen ein Taxi. Sie fuhr direkt zum Appartement ihres Halbbruders. Die Wohnung wirkte verlassen. Das Letzte, was sie von Bruce gehört hatte, war, dass die Band kurzfristig in Las Vegas einen Vertrag unterschrieben hatte und sich damit verpflichtete, dort regelmäßig den Sommer durch aufzutreten. Irgendwie war Hope froh, die ersten Tage allein zu verbringen. Sie musste sich erst wieder an diese rastlose chaotische Metropole Kaliforniens gewöhnen. Vom Jetlag geplagt, schlief sie zuerst fünfzehn Stunden am Stück. Dann schwamm sie ein paar Runden im Pool, der auf dem Dach der zweistöckigen Maisonettewohnung eingebaut war. Danach sonnte sie sich auf dem Liegestuhl im angrenzenden wilden Garten, den Bruce, einmal aus einer Laune heraus, angelegt hatte. Sie vermisste ihren Stiefbruder unendlich. Seine Un-beschwertheit, die er an den Tag legte. Sein intuitives Handeln, wenn sie dem Grübeln verfiel und dabei drohte zu entgleisen. Dann war er für seine Halbschwester schon viel zu oft ein wahrer Rettungsanker gewesen. Bruce war und blieb bisher der einzige Mensch, dem sie ihr Herz ausschüttete und dem sie auch vertrauen konnte. Der ältere Bruder blickte in ihre Seele und teilte mit ihr die erdrückende Schwermut, die sie regelmäßig überkam. Bruce war bisher der einzige Mensch gewesen, von dem sie bedingungslose Sicherheit und Geborgenheit erhalten hatte. Sie dachte an Confianza und Bontà. Hope empfand diesen Freundinnen gegenüber tiefe Liebe und Dankbarkeit und dennoch hatte sie ihnen nie ihre quälenden Sorgen anvertraut. Ohne die Hilfe ihres Halbbruders hätte sie sich vielleicht schon lange das Leben genommen. Doch Hope war im Grunde kein feiger Mensch. Aus ihrem Inneren drang immer wieder die Kämpferin an die Oberfläche. Hinter ihrer rauen Schale verbarg sie einen weichen sensiblen Kern. Stolz und Kraft, tief aus der Seele geholt, halfen ihr stets, die düstersten Tage zu bezwingen. Bruce hatte sie einmal damit aufgezogen: „Das einzige Gute an der Ehe von Brian und Mallory war dich zu zeugen und dir den Namen Hope (Hoffnung) zu geben. Denke daran, du musst deinem Namen Ehre erweisen." Seufzend beendete die Amerikanerin ihre tiefsinnigen Grübeleien und bestellte sich etwas zu essen. Das bevorstehende Telefonat mit ihrer Mutter lag ihr schwer auf und sie konnte den Anruf nicht mit leerem Magen durchführen.

Als sie sich später gesättigt und entspannt auf dem Sofa ausstreckte, ergriff sie den Hörer und tat ihre Pflicht: „Hi, Mum, hier spricht Hope. Ich verbringe gerade die Semesterferien bei Bruce."

„Hi, Schätzchen! Wie geht es dir? Kommst du heute Abend auch zu meiner Party im Ritz?" Mallorys hohe Stimme zwitscherte durch den Hörer. Im Hintergrund hörte man Gläser klirren und lautes Gelächter.

Natürlich blieb Hope nichts anderes übrig, als sich damit einverstanden zu geben. Wenigstens war sie dann nicht allein mit ihrer Mutter und musste all ihre Fragen und ihre Kritik über sich ergehen lassen. Sie suchte sich eine ihrer langen Abendroben aus dem Schrank. Es war ein Seidenkleid mit den Farben von Herbstlaub und passte hervorragend zu ihrer roten Lockenpracht, die mit ein paar extravaganten Klammern aus dem Gesicht gehalten wurde. Ein wenig Makeup konnte nicht schaden, gestand sie sich ein. Als Hope sich später im Spiegel betrachtete, erfüllte sie Zufriedenheit. Endlich hatte sie wieder Fuß gefasst in der realen Welt und war zu einer jungen hübschen Frau herangereift. Die Kreolen, die an den Ohren baumelten, glitzerten wie Sterne im Licht, und an den Füßen trug sie goldene Slippers. Dank ihrer Größe brauchte Hope keine hohen Absätze. Ihre vollendete Figur und die langen Beine wirkten betörend genug. Mit ihrer makellosen Schönheit konnte sie allzeit ins Rampenlicht treten. Ihr Aussehen war das einzige Positive, das ihre Eltern ihr vererbt hatten.

Bewaffnet mit einem charmanten Lächeln, welches ihre Grübchen hervorhob, trat sie ins Hotel Ritz und suchte nach der Königin des Schauspiels. Mallory mit ihrem extravaganten Auftreten stand im Zentrum, umringt von Freunden und Bekannten. Sie kostete das Wiedersehen mit ihrer Tochter bis aufs Äußerste aus. Mit ihrer begnadeten Schauspielkunst und den dazugehörigen theatralischen Gesten übertraf sie sich wieder einmal selbst. Nach einer ausgiebigen Umarmung mit Wangenküsschen musterte sie ihre Tochter stolz: „Liebling, du siehst wunderhübsch und richtig gesund aus."
Die letzte Bemerkung fand Hope total daneben, lächelte jedoch höflich und gab das Kompliment ihrer Mutter zurück.
„Dir muss es im Internat wirklich gut gefallen, denn wie ich gehört habe, ist deine Benotung bewundernswert."
Untergehakt bei ihrer Tochter und mit einem kurzen Lächeln zu den Reportern, die sie umringten, wandte sie sich wieder den Freunden zu: „Für eure Kinder oder Enkel kann ich die

Eliteschule in der Schweiz nur wärmstens empfehlen. Das Internat in Lugano ist phänomenal und wird äußerst pflichtbewusst geführt." Doch schon nach kurzer Zeit wurde das Thema bereits wieder beiseitegeschoben. Mallory liebte es, über den Klatsch und Tratsch ihrer Kollegen informiert zu werden. Hauptsache, sie war selber nicht involviert, ansonsten hätte sie sofort das Gespräch unterbunden. Der Abend zog sich grässlich in die Länge und Hopes Kiefermuskeln schmerzten von dem andauernden Lächeln, das sie zur Schau stellen musste. Wahrscheinlich würde sie es bald nicht einmal im Schlaf fertigbringen, ihre Mundwinkel zu lockern. Gegen drei Uhr morgens verließ sie erschöpft und ausgelaugt das Hotel Ritz. Das Treffen mit ihrer Mutter hatte sie zum Glück ziemlich gut hinter sich gebracht. Eine Bürde weniger, gestand sie sich ein. Aber was trieb sie die ganzen Ferien allein in dieser Stadt, die sie einmal so heiß geliebt hatte? Zu viele schlechte Erinnerungen quälten sie. Im Moment brauchte Hope nur Schlaf. Morgen würde sie dann weitersehen. Die Entscheidung, einige Tage in Las Vegas bei der Band „The Hurricane" zu verbringen, war eine spontane Idee. Hope würde vom Grübeln abgelenkt werden und konnte sich mit Bruce amüsieren, der wusste, wie man Menschen aufheiterte. So flog sie am nächsten Nachmittag in die berühmte Spielerstadt. Bruce freute sich riesig über ihren Besuch. Er war gerade im Hotelzimmer und schrieb in der freien Zeit Texte zu seinen Kompositionen. Ein Song war seiner kleinen Schwester gewidmet, was Hope unglaublich stolz machte.

Die beiden verbrachten eine heitere unbeschwerte Zeit, während einige Groupies vor Eifersucht beinahe platzten. So einige weibliche Fans, die sich hartnäckig an Bruce festhalten wollten, verspürten eine starke Abneigung Hope gegenüber. Der junge Musiker jedoch war froh, seine Halbschwester in seiner Nähe zu haben. Wenn Bruce sich wieder einmal von zu vielen Frauen bedrängt fühlte, die ihm ans Leder wollten, war Hope sein Ausweg. Sie küsste ihn dann auf den Mund, ließ sich mit ihm fotografieren und klebte in enger Umarmung an seinem männlichen wohlgeformten Körper. Keine dieser strohdummen Tussis würde es mit ihr aufnehmen wollen, denn ihre kalten abschätzenden Blicke, die sie ihnen regelmäßig zuwarf, sagten: „Legt euch ja nicht mit mir an."

Bruce grinste dann verwegen und zwinkerte Hope mit seinen strahlend blauen Augen zu. „Ich habe einen Job für dich", erklärte er an einem Abend nach dem Konzert, „ich könnte dich als Bodyguard einstellen. Du darfst dann sogar fauchen, wenn die aufdringlichen Weiber sich wieder an mich klammern wollen. Ich nenn dich dann 'Tiger Lilly'."

Hope prustete los und küsste ihn auf die Nasenspitze. Das phänomenale Foto brachte es bei der Presse prompt wieder auf die Titelseite. Brian, ihr Vater, lud seine Tochter wegen der guten Publicity sogar zum Essen ein. Hope war froh darüber, dass er so viel Anstand besaß und seine neue Freundin zu Hause ließ. Die beiden verbrachten einen gemütlichen Abend. Ihr Vater war stolz, wie gut sich Hope gefangen hatte, und führte sie nach dem Dinner in eine verrauchte Bar. Sie genehmigte sich einen gekühlten Eistee. Seit dem schweren Absturz im letzten Jahr hatte sie den Lastern Alkohol und Kokain abgeschworen. Hope war sowieso noch minderjährig. Mit dem illegalen Konsum von Drogen hatte sie sich damals eine saftige Strafe eingehandelt und konnte gerade noch einer Haftstrafe entgehen.

Brian hatte mit Geld und seinen Anwälten alles wieder ins Lot bringen können. Was machte man nicht alles für sein Töchterchen. An diesem Abend genoss Hope die Zweisamkeit mit ihrem Vater. Es ergab sich selten, dass die beiden ein paar Stunden allein verbrachten. Im Großen und Ganzen liebte sie ihren Vater, auch wenn er nicht immer vollkommen war. Jeder Mensch hat seine Fehler. Brian war unglaublich eitel und genoss den Klamauk um seine Persönlichkeit. Ständig wechselte der bekannte Musiker seine Freundinnen.

Brian stellte sich sehr gern in den Vordergrund, deshalb übernahm er spontan das Klavier in der kleinen Bar. Er forderte seine Tochter auf, mit ihm ein paar seiner Lieder zu singen. Ihre Performance erregte großes Aufsehen. Die Journalisten, die ihnen überallhin folgten, konnten es nicht lassen, ständig Fotos zu knipsen. Reportagen über das glückliche Verhältnis zwischen dem Star und seiner Tochter brillierten natürlich schon am nächsten Tag in den Medien. Für Brian war dies ein hervorragendes Image und sein Berühmtheitsgrad stieg gerade eine Stufe höher.

Nach dem ganzen irren Trubel in Las Vegas genoss Hope noch ein paar erholsame Tage allein in L.A, bevor es wieder zurück in die Schweiz ging. Sie freute sich auf das Wiedersehen mit den neugewonnenen Freundinnen. Irgendwie hatten ihr die beiden Girls gefehlt, auch wenn sie zwischendurch miteinander geskypt und Neuigkeiten ausgetauscht hatten. Alle drei Mädchen waren sich in einer Beziehung sehr ähnlich. Sie hielten ihr Privatleben unter Verschluss. Die Gespräche über ihre Familien führten sie sehr oberflächlich. Dafür war der Girl Talk, der vor allem aus Gelächter bestand und von den Jungs in der Umgebung handelte, überaus angeregt. In dieser heiteren Sorglosigkeit vergaßßen die drei ihre familiären Bürden. Jede von ihnen hatte bereits so einiges Unschönes in ihrem kurzen Leben erlebt. Ihre Freundschaft blieb ehrenhaft und trug dazu bei, dass sie zusammen eine glückliche Zeit erleben durften. In Milano traf Hope dann Confianza und gemeinsam bestiegen sie die Chartermaschine nach Lugano-Agno.

Die vier Jahre in der Schweiz vergingen wie im Flug. Hope, die Älteste der drei, machte mit achtzehn Jahren die Fahrprüfung. Ihre Eltern ließen sie daraufhin einen Maserati mieten. In ihrer Freizeit und an den Sonntagen begaben sich die Freundinnen oft auf eine Spritztour. Natürlich bekam Hope einige Strafzettel wegen überhöhter Geschwindigkeit und Falschparken. Sie ließ ihren schnittigen Sportwagen meist irgendwo stehen und die Polizei in Lugano hatte sie bereits in Augenschein genommen. Die Beamten nannten sie „The infamous Girl from America". Manchmal entriss sie den Polizisten den Bußzettel mit einem Lächeln auf dem Gesicht und lud sie zu einem kühlen Drink ein. Mit der Zeit drückte man sogar ein Auge zu, wenn sie falsch parkte und schuldbewusst mit der Schulter zuckte. Sie schenkte den Polizisten ihr strahlendes Lächeln und suchte winkend das Weite. Das Rauchen hatte Hope dank Confianza beinahe eingestellt. Manchmal, wenn sie das beklemmende Gefühl der Frustration beschlich, suchte sie ein stilles Örtchen und zündete sich eine Zigarette an. Danach ging es ihr wieder besser. Bei ihren Ausflügen brachte Bontà auch manchmal ihren Bruder Antonio mit. Der sechs Jahre ältere Mann war sehr zurückhaltend und redete nicht viel. Er lachte nicht gerade oft, doch er fühlte sich wohl mit den drei jungen Frauen. Vor allem Confianza hatte es ihm angetan. Die beiden teilten sich den Rücksitz des schnittigen Wagens und kamen so auch ins Gespräch. Confianza fühlte sich vom ersten Augenblick sehr zu Antonio hingezogen. Mit ihrer vertrauenswürdigen, ruhigen Art ermunterte sie den jungen Mann, sich ihr ein wenig zu öffnen. Es ergab sich, dass Hope und Bontà bei ihren Ausflügen manchmal spontan Einladungen akzeptierten. Die beiden jungen Frauen wurden von jugendlichen Touristen oder Einheimischen zu einer Gelati oder einem Eistee eingeladen. Bei dieser Gelegenheit entfernten sich Antonio und Confianza. Meist saßen sie auf einer Bank am See und genossen die Sonne. Beide hatten das südliche Blut in sich und genossen die hohen Temperaturen.

Einmal saßen sie am Seeufer und ließen ihre nackten Füße ins Wasser baumeln. Ihre Gespräche wurden jedes Mal tiefsinniger. Auf ihre Frage: „Sag mal, Antonio, weshalb besitzt du in deinen jungen Jahren ein solch ernsthaftes zurückhaltendes Gemüt?", offenbarte ihr der Tessiner seine Betrübnis. Er sprach über seine gescheiterte Ehe und den Verlust seines kleinen Sohnes, der ihn an manchen Tagen zu erdrücken drohte. Confianza, eine mitfühlende Person, berührte seine von der Arbeit rauen Hände und strich mit ihren zartgliedrigen Fingern sanft darüber. Diese zärtliche Geste berührte den jungen Mann ungemein. Antonio spürte seit Langem wieder Freude und sein verlorenes Selbstvertrauen kehrte zurück. Der Blick aus Confianzas dunklen schokobraunen Augen schweifte oft in die Ferne zu ihrem Vater. Zurzeit bereitete der Plantador Confianza große Sorge. Bei jedem Besuch hatte Heitor Dias mehr an Gewicht verloren und die Furchen, die sein Gesicht durchzogen, hatten sich regelrecht vertieft. Doch der stolze Brasilianer mit dem buschigen Schnauzbart, der nun mehr grau als schwarz war, wollte seine Probleme nicht offenlegen. Ihre baldige Rückkehr nach Hause lag ihr schwer auf dem Magen. Doch Confianza behielt ihre Sorgen für sich. Hatte Antonio doch schon genug Bürden zu tragen.

Endlich war es so weit. Die Diplome waren bereits ausgehändigt und die Eliteschule mit hervorragenden Zeugnissen abgeschlossen. Das hieß für Hope und Confianza, dass es zurück in ihr altes Leben ging. An beiden nagte eine unterschwellige Angst, die ihre Zukunft betraf. Doch keine der beiden wagte, ihre Bekümmernis laut auszusprechen. In

Grübeleien versunken packten sie ihre Sachen zusammen und behielten ihre Sorgen für sich. Die glückliche Zeit zusammen würden sie nie in ihrem Leben vergessen. Dies war doch noch ein kleiner Lichtblick. Sie versprachen untereinander in Kontakt zu bleiben und sich, wenn möglich, regelmäßig zu besuchen. Auch Bontà spürte die Wehmut in sich aufsteigen. Der Verlust der allerbesten und einzigen Freundinnen, die sie je hatte, machte ihr arg zu schaffen. Mit Hilfe des Pädagogen Beat Keller hatte sie das Buchhalterdiplom in der Abendschule als Klassenbeste bestanden. Ihre Pläne, ein kleines Studio zu mieten, das sie mit dem langjährig Ersparten einrichten würde, um eine selbstständige Buchhaltungsfirma zu eröffnen, ließen sie jedoch positiv in die Zukunft blicken. Die Trennung würde ihr somit leichter fallen. Dank dem Schreinergeschäft ihres Vaters hatten sich bereits einige Kunden bei ihr gemeldet. Beim tränenreichen Abschied versprachen sich die drei nun erwachsenen jungen Frauen, ewige Freundschaft zu bewahren. Sie klammerten sich an dieses Versprechen, auch wenn ihre Zukunft noch in der Luft hing und ihre Heimatländer sehr weit entfernt lagen. Bontà winkte den beiden zum letzten Mal zu, als sie in Lugano-Agno durch die Passkontrolle verschwanden. Dann schluchzte sie an der breiten Brust von Antonio, der sie zur Unterstützung begleitet hatte. Auch dem jungen Mann traten Tränen in die Augen. Er hatte sich in Confianza verliebt und es ärgerte ihn, dass er zu schüchtern gewesen war, um es ihr zu gestehen. Brasilien lag auf einem anderen Kontinent, viel zu weit weg, um eine feste Beziehung zu führen. Er wünschte sich von Herzen, dass Confianza eines Tages einen rechtschaffenen Ehemann finden würde, mit dem sie eine Familie gründen konnte. Noch nie in seinem Leben hatte Antonio eine solch anständige, herzensgute Frau kennengelernt.

Auch aus dem letzten Rest deiner Hoffnung
kann etwas Neues entstehen
Monika Minder

7

Confianza war nun seit drei Wochen zu Hause. Ihr Vater war kaum mehr ansprechbar. Sein geistiger Zustand wirkte verwirrt. Miguel bestätigte ihre Vermutung, dass den angesehenen Plantagenbesitzer große Sorgen quälten und ihm langsam, aber sicher den Verstand raubten. Eines Morgens fanden sie Heitor, der von einem Herzanfall heimgesucht wurde, tot in seinem Büro vor. Gemeinsam mit ihrem Cousin Miguel richtete Confianza die Bestattung ihres Vaters aus. Zu dem Begräbnis erschienen all die kleinen Obst- und Gemüsegärtner, die bei der Fazenda Verde ihre Ernte ablieferten. Mit dem Geld, welches sie dafür erhielten, konnten die Plantageris ihre Familien ernähren. Die Fazenda Verde, seit dem 18. Jahrhundert im Besitz der Familie Dias, war die größte weit und breit. Ihr Status, die Bauern für die gelieferte Ware stets gerecht zu entschädigen, hatte sich bis vor Kurzem positiv herumgesprochen.

Doch bei dem Begräbnis und der folgenden Verköstigung, die auf der Fazenda Verde stattfand, bemerkte Confianza einen gewissen Unmut unter den Anwesenden. Vielleicht waren die Männer der neuen Besitzerin gegenüber einfach misstrauisch, doch auch Miguel, der ein Drittel des Legats erhalten hatte, war die Unzufriedenheit der Arbeiter schon länger aufgefallen. Jedes Mal, wenn er das Problem ansprach, hatte Heitor nur abgewinkt und sich in sein Arbeitszimmer eingeschlossen. Nach der traurigen Abschiedsfeier von Heitor Dias trafen sich Confianza und Miguel im weiträumigen Büro ihres Vaters, das er in der letzten Zeit kaum mehr verlassen hatte. Ein Haufen unbezahlter Rechnungen und offene Verträge mit den Plantageris übersäten den dunklen Teakholzsekretär. Sie brauchten mehrere Tage, um sich durch den Papierstapel zu wühlen und sich einen Überblick zu verschaffen. Doch am Ende kamen sie auf ein erschreckendes Ergebnis. Die Fazenda Verde stand vor dem Ruin.

„Wie konnte das nur geschehen?" Confianza schlug verzweifelt ihre Hände vors Gesicht und auch Miguel strich sich aufgebracht das schwarze lockige Haar aus der Stirne.

„Ich weiß auch nicht, was passiert ist. Dein Vater wollte nicht, dass ich ihm im Büro unter die Arme greife, und du weißt, wie stur und herrisch er sein konnte."

Zutiefst schockiert über die Umstände mussten sie zuerst genauestens über die Bücher schauen, die jedoch in den letzten vier Jahren unvollständig geführt worden waren.

Drei Tage trug Confianza nun schon die Rechnungen in eine Tabelle am Computer ein. Mit Zahlen war sie noch nie gut gewesen. Mühsam schlug sie sich durch den Schuldenberg. Als sie im Tresor aufräumte, fand sie Bargeld. Damit konnte sie den Gemüsegärtner eine Anzahlung geben, damit sie weiter beliefert wurden und die Familien überleben konnten. AAAConfianza fand darin noch eine alte Ledermappe. Die enthielt eine vergilbte Urkunde. Was die junge Frau da gefunden hatte, gab ihr gewaltig zu denken. ACO Adoption Child Organisation. Die von ihrem Vater unterschriebenen Papiere bestätigten, dass sie ein adoptiertes Kind war. Zutiefst geschockt von dieser neusten Erkenntnis rief sie ihren Cousin zu sich.

Miguel, der beinahe Tag und Nacht arbeitete und versuchte, die aufgebrachten Plantageris, die sich um ihre Existenz Sorgen machten, zu beschwichtigen, erklärte: „Nur meine Eltern gehörten zu den Auserlesenen, die wussten, dass du adoptiert warst. Isabella, deine Mutter, hatte einige Fehlgeburten und wünschte sich sehnlichst ein Kind. Dein Vater hat ihr ein Kind zu ihrem zweiundvierzigsten

Geburtstag aus Rio mitgebracht. Deine Tante Luciana hat gemeint, dass du deiner Mutter das Leben verschönert hast und dein Onkel Lorenzo fand, dass Isabella durch dich ein kurzes, aber erfülltes Leben beschert wurde."

Confianza traten von diesen berührenden Worten die Tränen in die Augen und bedächtig legte sie die Dokumente wieder in den Safe zurück. Woher sie kam, wollte sie zu diesem Zeitpunkt gar nicht wissen. Sie hatte im Moment genug andere Sorgen, denn ein weiteres Dokument kam zum Vorschein. Als sie Miguel diesen Vertrag zum Lesen überreichte und sich seine Stirn dabei in Falten legte, wusste Confianza, dass dies nichts Gutes zu bedeuten hatte.

Miguel legte das Schriftstück zur Seite und strich sich über sein langes, gelocktes schwarzes Haar. Ein tiefer Seufzer entrang sich aus seiner Kehle. Die dunklen Augen funkelten beinahe schwarz und das Sprechen fiel ihm schwer: „Auch das noch. Heitor hat sich eine hohe Geldsumme geliehen und das ausgerechnet von Marcia Alves. Dieser Mann ist einer der berüchtigsten Drogenbosse in Rio. Weshalb hatte Heitor bei ihm solch hohe Schulden?"

Einen Tag später, um die Mittagszeit, kamen drei schwarze protzige Fahrzeuge mit getönten Scheiben die Auffahrt zur Fazenda Verde hinaufgefahren. Die teuren, sauber polierten Geländewagen, auch Hummer genannt, waren mit integriertem schusssicherem Glas ausgestattet. Sechs furchterregende Typen mit Maschinenpistolen stiegen aus und umringten einen kleineren Mann mit verspiegelter Sonnenbrille und einem maßgeschneiderten Armani-Anzug. Miguel, dem das tiefe Brummen der Motoren in der alten Lagerhalle nicht entgangen war, kam herbeigeeilt und gesellte sich an die Seite von Confianza. Die junge Frau war von dem mysteriösen Besucher ziemlich eingeschüchtert. Aufgebracht zischte der Cousin ihr leise zu: „Verdammt, das ist Marcia Alves persönlich mit seinen Leibwächtern."

Miguel rückte nun noch etwas näher an Confianza und legte seiner verängstigten Cousine seinen starken Arm um die Taille. Der kleine Mann, zierlich gebaut mit einem gepflegten schwarzen Schnurrbart, glich mehr einem Bankdirektor. Langsam nahm er seine getönte Brille ab und steckte das modische Accessoire an das Revers seines glänzenden schwarzen Anzugs. Die enganliegenden graubraunen Augen musterten die Frau und den Mann vor sich mit regem Interesse. Das beeindruckende Auftreten, die polierten Schuhe, die im Sonnenlicht glänzten, deuteten darauf hin, dass der Besucher nicht nur Einfluss besaß. Marcia Alves, der Boss des größten Drogenkartells Brasiliens, stellte seinen Reichtum und seine Macht äußerst gerne zur Schau. Seine distinguierte Aussprache strotzte vor Höflichkeit, als er sein tiefes Beileid zum Tod von Heitor Dias kundtat. Elegant zog er seine ledernen Handschuhe aus und trat einige Schritte näher. Er streckte seine manikürte Hand Confianza entgegen, während seine düster dreinblickenden Männer in grauen Samtanzügen ihm gefolgt waren. Die Leibwächter umzingelten Alves wie eine schützende Mauer. Somit wurden auch Miguel und Confianza von der Außenwelt abgeschottet. Wachsam beobachteten die Profis zusätzlich noch das Umfeld, die Waffen griffbereit. In ihren harten Blicken war keine einzige Gefühlsregung zu erkennen. Jeder dieser Männer musste ein eiskalter Killer sein. Menschenleben zu nehmen lag bei denen an der Tagesordnung. Diese Tatsache ließ Confianza erschaudern.

Marcia Alves führte die zierliche Hand der Tochter seines verstorbenen Geschäftsfreundes, wie er Heitor nannte, an die Lippen. Dieser förmliche Kuss war so ekelerregend, dass Confianza nur durch eisernen Willen ihre Gefühle beherrschen konnte und die Geste abrupt beendete. Das leichte Zittern ihrer Hand hielt an, auch nachdem sie den Kontakt abgebrochen hatte. Im Nachhinein spürte die junge Frau noch die feuchten Lippen und das Kitzeln seiner Schnauzhaare auf der Haut. Dies löste in ihr erneut einen Schauder aus. Miguel spürte, wie Confianzas Körper erstarrte, übernahm das Wort und lenkte so Marcia Alves von seiner Cousine ab. Ein Mann seines Standards besprach normalerweise geschäftliche Arrangements nicht mit einer Frau. „Mein Name ist Miguel Pereira. Ich bin der Cousin und Teilhaber der Fazenda Verde. Was können wir für Sie tun, Senhor Alves?"

Der braungebrannte ältere Herr räusperte sich kurz und antwortete dann mit einem aufgesetzten Lächeln: „Möchten Sie mich nicht hereinbitten? Was wir zu besprechen haben, ist nicht für jedermanns Ohren bestimmt."

Inzwischen hatte sich am Rande des Platzes eine kleine Gruppe gebildet. Die Arbeiter von Neugierde erfüllt, hatten sich vor der alten Rüsthalle versammelt. In sicherer Entfernung versuchten sie ein paar Worte zu erhaschen. Confianza hatte sich wieder einigermaßen gefangen und führte Senhor Alves samt den bewaffneten Männern ins Haus. Einer der Leibwächter blieb an der Tür und nahm dort eine drohende Haltung ein. Die junge Brasilianerin bewirtete den Drogenboss persönlich und mit einer Gastfreundlichkeit, die in ihrer Heimat jedem angeboren wurde. Bei den Vorbereitungen konnte Confianza sich in der Küche beim Herumwerkeln ein wenig die gespannten Nerven abreagieren. Der Kaffee, den sie Marcia Alves vorsetzte, wurde von einem seiner Männer vorgekostet. Erst eine Weile danach trank der Boss selbst von dem dunklen aromatischen Getränk. Zuerst begann das Gespräch mit einer höflichen banalen

Konversation, was das Wetter wohl für eine Ernte hervorbringen würde, und dann tauchte plötzlich die Frage auf, ob die neuen Besitzer eventuell gedenken zu verkaufen? Miguel übernahm wie zuvor das Wort und entgegnete: „Wir sind immer noch daran die Bücher, die einige Lücken aufweisen durchzugehen. Erst, wenn wir uns ein genaues Bild über die derzeitige Situation gemacht haben, können wir eine Entscheidung fällen."

„Ja, wie ich gehört habe, hat mein Freund Heitor etwas über die Stränge geschlagen. Einige seiner Plantageris warten noch immer auf ihre Bezahlung. Die neuen jährlichen Verträge sind auch noch ausstehend. Die Arbeiter sind verängstigt und wissen nicht, woran sie sind." In seiner zur Schau gestellten Fürsorglichkeit schwang auch ein Hauch von Missmut mit. Mit einem kühnen Lächeln setzte der Geschäftsmann dem Ganzen noch die Krone auf, indem er anfügte: „Da Heitor Dias erst vor drei Tagen von uns gegangen ist, werde ich nicht auf seine Zahlung, die er mir schuldet, drängen. Schließlich habe ich ein Herz, das in meiner Brust schlägt. Ich gebe euch drei Monate zum Trauern und um die Bücher ins Reine zu bringen. Danach werden wir sicherlich eine Lösung für diese Probleme finden. Meine Geschäfte florieren sehr gut und ich benötige dringend noch weiteren fruchtbaren Boden für meine Plantagen." Confianza war nicht dumm und ihr fuhr es eiskalt den Rücken hinunter. Wollte doch dieser Bastard, dass sie Kokain anpflanzten? Solange sie noch die Fazenda Verde am Leben erhalten konnte, würde das nie und nimmer geschehen. Mit dem letzten Rest Höflichkeit, die sie noch erübrigen konnte, erklärte Confianza mit etwas zittriger Stimme: „Senhor Alves, selbstverständlich werden wir Ihnen das geschuldete Geld zurückzahlen. Ich danke Ihnen für das Entgegenkommen von drei Monaten. Die werden wir benötigen, um die Buchhaltung wieder auf den neusten Stand zu bringen." Der Drogenboss stand auf und übergab ihr beim Abschied ein schriftliches Dokument über den ausstehenden Betrag. Das Original, ein Schuldschein von einer halben Million Real, lag bei ihr im Tresor. Der Besucher verabschiedete sich und verließ mit seinen Leibwächtern das Haus, während Miguel und Confianza sich fassungslos aufs Sofa fallen ließen. Kaum waren die drei Fahrzeuge mit dröhnenden Motoren abgefahren, blieb nur noch ein fahler Geschmack von Bitterkeit und Verzweiflung zurück.

Confianza brach zusammen und weinte an den starken Schultern von Miguel, der keine Worte fand um sie zu trösten. Er hielt sie fest und versuchte, seine in ihm brodelnde Wut auf Heitor zurückzuhalten. Die momentane Ausweglosigkeit machte auch ihm schwer zu schaffen. Unter den gegebenen Umständen wollte er jedoch Confianza auf keinen Fall die Fehler ihres Vaters unter die Nase reiben.

Am selben Abend, als man den deprimierenden Tag hinter sich gebracht hatte und auf der Veranda das Essen zu sich nahm, eröffnete Confianza ihrem Cousin, dass sie sich mit einer guten Freundin aus der Schweiz in Verbindung setzen werde.

„Bontà ist Buchhalterin und weiß vielleicht eine Möglichkeit, wie wir aus dem Schlamassel herauskommen."

Natürlich hatte Miguel schon von der Tessinerin und der amerikanischen Freundin seiner Cousine gehört. Sogar Fotos der drei jungen Frauen waren ihm bekannt. Eines stand auf Confianzas Nachttisch, zusammen mit dem Hochzeitsfoto ihrer Eltern. Vielleicht konnte ja die ernste Braunhaarige oder der gutaussehende Rotschopf aus L.A. ihnen helfen.

Am nächsten Tag telefonierte Confianza mit Bontà und schilderte ihr in wenigen Worten ihre momentane ausweglose

Situation. Die Buchhalterin versprach schnellstmöglich zu kommen. Sie musste jedoch zuerst einen Stellvertreter für ihr Geschäft einarbeiten und die Klienten über ihre kurzfristige Abwesenheit informieren. Auch Hope, die sich im Appartement ihres Halbbruders aufhielt und ihre depressiven Stimmungsschwankungen mit Malen zu überwinden versuchte, versprach nach Hopes Anruf, sofort nach Brasilien zu fliegen. Die Amerikanerin lebte seit ihrer Rückkehr zurückgezogen ein einsames tristes Leben außerhalb der großen kalifornischen Metropole. Bobby McLean, ihr Ex-Lover, der eine steile Karriere erklommen hatte, war im Moment der Mittelpunkt der Musikszene und ließ sich jede Woche mit einer anderen weiblichen Begleitung im Rampenlicht ablichten. Die Klatschspalten spekulierten über seine Affären mit jungen Mädchen, die man ihm bis jetzt noch nicht nachweisen konnte. Hope vermied es gerade aus diesem Grund, Zeitungen zu lesen. Nicht dass sie noch verliebt in diesen großkotzigen, aalglatten Schönling war, eher war es die traurige Erinnerung, die noch schmerzte, als wäre es gestern gewesen. Die seelischen Wunden drohten erneut aufzuplatzen. Eigentlich hätten diese eiterigen Geschwüre schon längst zugeheilt sein müssen. Bruce, der Einzige, der von all ihren Problemen gewusst hatte, versuchte Hopes Melancholie täglich mit seinem Optimismus aufzuheitern. Der junge Mann kochte für sie und nahm seine Halbschwester mit auf seine Ausflüge in die Natur.

Seit einigen Monaten hatte auch Bruce sich aus der Musikszene und der Band „The Hurricane" zurückgezogen. Ihm war der ganze Trubel einfach zu viel geworden. Nach Las Vegas besaß er genug Geld, um sich eine Auszeit zu gönnen. In seinem Appartement hatte er einen schalldichten Raum eingebaut, wo er sich gelegentlich mit Freunden zum Musizieren traf. In letzter Zeit kam Bruce mehrmals der

Gedanke, sich ganz zurückzuziehen und als Songwriter eine neue Karriere zu starten. Bruce war anders als sein Vater. Brian liebte es, auf der Bühne zu posieren. Der Applaus, der Tumult und die weiblichen Fans, die sich auf ihn stürzten, waren sein Leben. Sein Sohn hingegen empfand all das seit jeher als eine echte Plage. Hope erwiderte dann, wenn er sich wieder einmal darüber beklagte, mit einem amüsierten Lachen: „Mein Lieber, du bist und bleibst das Ebenbild deines berühmten Vaters. Ein dunkelblond gelockter Sunnyboy mit blauen Augen."

Bruce kniff dann verärgert seine Augen zusammen und zwischen seinen Brauen erschien eine tiefe Falte. Es gab nur ein Thema, das ihn in Rage brachte, und das war sein Vater. Mit Brian verglichen zu werden, konnte den jungen Mann echt auf die Palme bringen. Die Charakterzüge der blutsverwandten Männer waren grundverschieden. Hope wusste das und kannte deshalb auch Bruce' Schwachstelle. Die Halbschwester zog ihn jedoch gerne damit auf. Der Streit zwischen den Geschwistern war meist von kurzer Dauer. Hope stand im Leben von Bruce an erster Stelle und gerade deshalb wollte er sie nach Brasilien begleiten.

„Ich buche einen Flug für uns nach Rio. Ein wenig Abwechslung täte auch mir im Moment gut", gestand der Musiker, verschwieg jedoch, dass sein Bauchgefühl ihm noch etwas anderes mitteilte. Hope würde sich wahrscheinlich wieder einmal in Schwierigkeiten begeben und seine Pflicht war es, sie zu beschützen.

Das Problem der brasilianischen Freundin schilderte Hope in einer solch abgemilderten Version, dass sich seine Nackenhaare sofort sträubten. Bruce durfte nicht weiter darüber nachdenken, in was für ein totales Chaos sie sich da stürzen würden. Der Ärger war bereits vorprogrammiert. Vor seiner Abreise musste er jedoch noch einen dringenden Anruf tätigen. Seit geraumer Zeit hatte der junge Mann einen privaten Ermittler engagiert, den er auf Bobby McLean angesetzt hatte. Bruce war zu Ohren gekommen, dass der ältere Musiker eine Schwäche besaß. In den letzten Jahren hatte Bobby etliche Affären mit jungen Mädchen angefangen. Einige davon hätte er, der Gerüchteküche nach zu urteilen, sogar geschwängert.

Das hatte Bruce wiederum aufhorchen lassen. Gab es da etwa außer Hope noch mehr solch missbrauchte junge Mädchen? So hoffte der junge Mann mit Hilfe des privaten Ermittlers Beweise zu finden, um den Kerl ins Gefängnis zu bringen. Auch wollte er persönlich George Murray seine kurzfristige Abwesenheit mitteilen: „Hallo, hier spricht Bruce Schnyder. Ich gedenke einige Zeit in Rio zu verbringen, werde jedoch allzeit über meine Mailadresse oder Handynummer erreichbar sein. Melden Sie sich, sobald Sie etwas herausgefunden haben." Als Bruce den Anruf beendet hatte, druckte er die Onlinetickets nach Rio aus und begann danach summend zu packen. So fand Hope ihren Halbbruder vor. Ihre herzförmigen Lippen waren zu einem Lächeln verzogen, so dass ihre Grübchen sichtbar wurden und ihr ein spitzbübisches Aussehen verliehen. „Echt lieb von dir, dass du mich begleitest. Was würde ich nur ohne dich tun." Hope schlang ihm die Arme um den Nacken und drückte ihm einen schmatzenden Kuss auf die Wange. Als Frau besaß sie eine ansehnliche Größe, doch Bruce überragte sie um eine gute Haupteslänge. Der Musiker schenkte ihr sein sonniges Lächeln und revanchierte sich mit einem Kuss auf ihren Scheitel. „Zum Glück verstehen wir uns so gut. Ich liebe dich, kleine Schwester, ohne dich wäre mein Leben langweilig und öde."

Bruce' Bekenntnis berührte Hope sehr. Ihre Verbindung war etwas ganz Besonderes. Beide sahen der Herausforderung in Brasilien mit Optimismus entgegen.

8.

Auf dem Flughafengelände Santos Dumont in Rio de Janeiro herrschte dichtes Gedränge und die beiden Amerikaner waren froh, dass ihr Gepäck ziemlich schnell auf dem Förderband erschien. Bruce hatte seine klassische Gitarre in einem Schalenkoffer transportieren lassen und war erleichtert, sie wohlbehalten wieder in seinen Armen zu halten.

Hope lächelte ihm dankbar zu, als der junge Mann ohne Weiteres ihren schweren Koffer ergriff und auf den Gepäckwagen hievte. „Endlich hast du deine Geliebte wieder in die Arme schließen können", neckte Hope ihren Halbbruder. Bruce zwinkerte ihr zu, nahm seine Reisetasche vom Förderband und bemerkte grinsend: „Dir fehlt eben ein Geliebter, sonst wärst du nicht so eifersüchtig auf meine Gitarre."

„Puh!", entgegnete Hope und verzog ihre Lippen zu einem spitzen Schmollmund, „ich und eifersüchtig? Es wird Zeit", äffte sie die neue Freundin ihres Vaters nach, „in eurem Alter sollte man eine Beziehung führen. Ihr seid ja das reinste Freiwild unter den Berühmtheiten und werdet deshalb so gejagt." Monique war eine Schönheit aus der Dominikanischen Republik. Kaum dreißig Jahre alt, hing sie an ihrem Vater, der auf die Fünfzig zuging, und brillierte an seiner Seite in den Hochglanzmagazinen. Zum Glück war Brian sehr vorsichtig mit der Verhütung. Zwei Kinder waren ihm genug. Hoffentlich, dachte Hope, ließ er sich von Monique nicht dazu überreden, ein weiteres Kind zu zeugen, denn als Vater war Brian wirklich ein totaler Versager. Hope schüttelte bei dem absurden Gedanken so heftig den Kopf, dass ihre rote Lockenmähne wild um ihr hübsches Gesicht schwang.

Miguel stach die große Frau sofort ins Auge und auch ihr Begleiter. Der hübsche Kerl mit den blauen Augen an Hopes Seite war ihm nicht entgangen. Von einem zweiten Gast hatte ihm Confianza gar nichts erzählt. Ja, vielleicht hatte sie es in der Aufregung auch vergessen, zu erwähnen, dass ein kalifornischer Freund sie begleiten würde. Hope hob den Kopf, als eine tiefe Stimme ihren Namen rief, und blickte sich aufmerksam um. Ein muskulöser, imposanter Brasilianer mit schwarzem gelocktem Haar und gebräunter Haut winkte ihr zu. Das musste Miguel Pereira, der Cousin, sein. Ein interessanter Mann mit seinen markanten Wangenknochen und der langen, leicht gebogenen Nase. Seine Gesichtszüge wirkten ernst und verschlossen. Seine dunkelbraunen Augen erinnerten sie an geröstete Kakaobohnen.

Mit großen Schritten kam Miguel näher. Hope stupste Bruce an, der versuchte, die Gepäckstücke auf dem kleinen Wagen zu richten. Eigentlich hätten sie zwei von den vierrädrigen Gefährten gebraucht, doch Bruce wollte so schnell wie möglich der überfüllten Halle mit dem schrecklichen Menschengedränge entfliehen. Die Männer schüttelten sich zur Begrüßung die Hände und unterzogen sich gegenseitig einer stummen Musterung. Miguel ging sofort auf Distanz. Der dunkelblonde blauäugige Halbbruder, ein Traummann, der jedes Frauenherz höherschlagen ließ, könnte Confianza eventuell zu fest ablenken. Der Gedanke daran stimmte ihn noch missmutiger. Im Moment hatten sie wirklich schon genug Probleme.

Als sie die Flughalle verließen und die öffentlichen Parkplätze anstrebten, schlug ihnen die feuchtheiße tropische Luft entgegen. Der Himmel war von Dunst überzogen und der Gestank nach Kerosin und Autoabgasen lag schwer in der Luft. Eine knatternde Klimaanlage pumpte etwas Kühle ins

Innere des Pick-ups mit der extragroßen Kabine. Die schweißnassen Haare und Kleider klebten den dreien am Körper, als hätten sie gerade eine Dusche genommen, dabei waren sie nur eine halbe Stunde über die Asphaltfläche zum geparkten Fahrzeug gelaufen. Miguel legte eine solch grimmige Miene an den Tag und antwortete auf Fragen nur wortkarg, dass man das Gespräch ganz einstellte. Die Aussicht während der Fahrt auf den Zuckerhut war faszinierend. Auch die überfüllten Strände mit den Sonnenanbetern gaben den Besuchern, während sich ihr Wagen durch den dichten Verkehr schlängelte, einen kleinen Einblick in die exotische Welt Rio de Janeiros. Außerhalb der brasilianischen Küstenmetropole waren an einem Steilhang die berüchtigten Favelas zu erkennen. Die eng aneinander gebauten Blechhütten erinnerten Hope an Termitenbauten und ihr Herz verkrampfte sich bei dem Gedanken, dass Menschen in solch armen Behausungen wohnten. Dazu kamen die täglichen Gewalttaten und Mordanschläge, die man in diesem Viertel kaum unter Kontrolle bekam. Von der Panik und den Ängsten der Bewohner gar nicht zu sprechen.

Auch in Los Angeles gab es Orte, die man lieber mied. Jede Großstadt auf der Welt verbarg düstere Viertel, über die man nicht gerne sprach. In L.A. war der Kontrast zu der obersten Schicht mit ihren luxuriösen Villen enorm ausgeprägt. In der kleinen Schweiz hatte es Hope besonders gut gefallen. In diesem Land war der gesellschaftliche Unterschied sehr minimal gewesen. Alles an diesem kleinen Flecken Land inmitten Europas war geordnet, überschaubar und wurde sehr gepflegt. Müdigkeit übermannte Hope und sie lehnte ihren Kopf an Bruce' breite Schultern. Das Dröhnen des Motors und das stetige Rütteln durch die unebenen Straßen, die ins Landesinnere führten, ließen sie einschlummern. Bruce, der während des langen Fluges geschlafen hatte, war ausgeruht und ließ sich von der Klimaanlage das erhitzte Gesicht kühlen. Es war sein erster Trip nach Brasilien. Da er ein aufgeweckter junger Mann war, nahm er die Eindrücke dieses Landes in sich auf wie ein aufsaugender Schwamm die Feuchtigkeit. Sein Gehirn entwickelte dazu reihenweise Töne, welche sich zu stummen Melodien formten. In seinen Gedanken war soeben ein neuer Song entstanden. Dies erfüllte den Musiker mit einer tiefen Zufriedenheit. Nicht einmal der missmutige Fahrer, der keinen Hehl daraus machte, dass er den Amerikaner nicht mochte, konnte seine gute Laune trüben. Bruce war in seinem musischen Kokon eingehüllt und somit unantastbar. Soll der Kerl doch denken, was er will, und sich sein Leben selbst vermiesen, dachte er und döste auch noch ein wenig vor sich hin.

Nach der stundenlangen Autofahrt waren alle froh, endlich ihr Ziel erreicht zu haben. Die Fazenda Verde lag im Inneren des Landes, umgeben von grünen Hügeln. Beinahe konnte man den tropischen Regenwald riechen. Der Dschungel lag jedoch tausende von Kilometern entfernt, wo der größte Fluss Brasiliens, der Amazonas, entsprang. Confianza begrüßte die Gäste voller Freude und Tränen der Erleichterung rollten dabei über ihre Wangen. Miguel brummte wortkarg vor sich hin und eilte mit großen Schritten davon. Der Brasilianer hatte noch viele Arbeiten zu erledigen, die wegen seines Fahrdienstes liegen geblieben waren. Confianza führte ihre Freunde durch das große alte Farmerhaus zu ihren Zimmern. Jeder dieser rustikalen Räume besaß einen Deckenventilator. An den großen verzierten Pfosten über den Teakholzbetten hingen schleierartige weiße Vorhänge. Diese waren nicht zur Zierde gedacht, sondern sollten die Schlafenden vor den Moskitos schützen. Die lästigen Insekten konnten in tropischen Ländern gefährliche Krankheiten übertragen. Das extrem hohe, sehr lang andauernde Fieber hatte so einigen Menschen das Leben gekostet. Kaum hatten Hope und Bruce ihre Sachen ausgepackt und sich erfrischt, waren sie voller Tatendrang und wollten die Umgebung erkunden. Die Rüst- und Verpackungshalle lag einen halben Kilometer von der alten Villa entfernt. Das neue Kühllager war vor sechs Jahren erbaut worden und besaß einen Generator, der mit Sonnenreflektoren gesteuert wurde. Die verschiedenen Hallen waren alle miteinander verbunden. Dorthin würde Confianza die beiden morgen begleiten. Das alte Kühllager stand jedoch nur zweihundert Meter neben dem Haupthaus. Miguel wurde von seiner Cousine freundlich angewiesen, den Gästen einen kurzen Einblick zu gewähren, während Confianza eine Feijoada zubereitete. Der typisch brasilianische Eintopf, bestehend aus schwarzen Bohnen, Reis, getrocknetem Rindfleisch, Zwiebeln und Grünkohl, war nicht nur schmackhaft und gesund, er gehörte auch zu den beliebtesten Hauptgerichten Brasiliens.

Natürlich war das südamerikanische Land ein wahres Paradies, was Früchte betraf. In den Kühlräumen war es angenehm frisch und die vielen verschiedenen Obstsorten, die in Holzkisten gelagert waren, verströmten ein wunderbares Aroma. Mangos, Bananen, Melonen, Limonen, Mandarinen und Maracujas, auch Passionsfrüchte genannt, stapelten sich bis an die niedrigen Decken des viereckigen Betongebäudes. Eine spezielle Obstsorte, die Maneao, war eine Abweichung von der Papaya, nur größer. Die einheimischen Bewohner bevorzugten diese Frucht und machten daraus die verschiedensten Sachen. Die Acerola, eine kirschenartige Frucht mit sehr hohem Vitamin-C-Gehalt, wurde vor allem von der Heilkunde sehr geschätzt. Aus der großen Beere wurden hochkonzentrierte Dragees hergestellt, die weltweit als natürliches Heilmittel zur Grippebekämpfung angewendet wurden.

Miguel war kaum mehr zu erkennen. Beim Erzählen blühte er regelrecht auf und seine üble Laune war verschwunden. Stolz klang in seiner Stimme mit und er verköstigte seine Besucher mit den verschiedensten Obstsorten. Die ausgereiften Früchte waren kein Vergleich zu dem, was man im Ausland in den Feinkostläden kaufen konnte. Der süße, beinahe blumige Geschmack und die honigartige Flüssigkeit explodierten buchstäblich auf Hopes Gaumen. Sie gab nur noch ein genussvolles Stöhnen von sich, während ihre Zunge genießerisch über die herzförmigen Lippen fuhr, um die letzten Tröpfchen der süßen Flüssigkeit aufzufangen. Dabei hielt sie ihre Augen geschlossen. Somit entging ihr Miguels forschender Blick. Dem Brasilianer wurde bei ihrem Anblick regelrecht der Mund trocken. Mühsam versuchte er zu schlucken, wobei er beinahe an seiner Zunge erstickt wäre. Ein plötzlicher Hustenanfall übermannte ihn und trieb ihm Tränen in die Augen.

Bruce, der jede Frucht, die er probierte, genauestens unter die Lupe nahm, war beeindruckt von dem Innenleben und der Hülle der Maneao. Aus reiner Höflichkeit und aus angeborenem Anstand klopfte er beiläufig auf Miguels Rücken. Das plötzliche Interesse des Brasilianers an seiner Schwester war ihm schlichtweg entgangen.
Miguel war sich bewusst, dass diese aufreizende amerikanische Schönheit in ihm ein starkes körperliches Gefühl auslöste, dass er normalerweise eisern im Griff hielt. Doch Hope hatte etwas an sich, das ihm eindeutig seine Körperkontrolle raubte. Was war an dieser weiblichen Schönheit anders als bei den anderen attraktiven Frauen? In

plötzlicher Verärgerung streckte Miguel Hope einen leeren Weidenkorb entgegen. „Ihr könnt euch nehmen, was ihr wollt. Den Weg zur Fazenda kennt ihr ja. Ich habe noch zu tun." Dann war er aus ihrem Blickfeld verschwunden. Da war sie wieder, diese ungehobelte raue Art, dachte die Amerikanerin. Sie hatte schon gedacht, sie könne sich an den Cousin ihrer Freundin gewöhnen, doch seine Übellaunigkeit ließ ihre Hoffnung wie eine Seifenblase platzen.

Miguel erschien nicht zum Essen, was Confianza nicht im Geringsten etwas ausmachte. Sie unterhielt ihre Freunde mit der ausführlichen Familienchronik: „Die Dias, Einwanderer aus Portugal, sind seit dem 18. Jahrhundert die größten Obstplantagenbesitzer in der Umgebung von Rio de Janeiro. Seit jeher arbeiten sie mit den Kleinbauern der Region zusammen. Die Familie Dias besitzt den größten Anteil und den fruchtbarsten Boden dieses Landabschnittes. Bis vor Kurzem war der Ruf der Dias makellos. Sie wurden als wohlhabende, rechtschaffene Leute angesehen. Nach dem Tod meines Vaters mussten Miguel und ich feststellen, dass uns Heitor Dias einen riesigen Schuldenberg hinterlassen hatte. Weshalb mein Vater diesen prachtvollen Besitz so runtergewirtschaftet hat, konnten wir bis jetzt noch nicht herausfinden. Bontà wird mit ihrem Bruder in den nächsten Tagen anreisen und ich hoffe sehr, dass sie, als begnadete Buchhalterin, uns weiterhelfen kann. Das Problem, vor dem wir im Moment stehen, ist gravierend. Die Plantageris, die mit uns zusammenarbeiten und verschiedene Obstsorten anpflanzen, wollen uns die Früchte nur noch gegen direkte Bezahlung abliefern. Mein Vater hat bei den meisten dieser Männer Geldschulden hinterlassen und ihre jährlichen schriftlichen Verträge sind bisher nicht verlängert worden. Die Arbeiter haben Angst und sind extrem verunsichert. Sie benötigen jeden einzelnen Dollar, um ihr Überleben zu sichern. Hier im Landesinneren ist es schwierig, Arbeit zu finden. Dieses Dilemma, in dem wir gerade stecken, geht mir ziemlich an die Nieren und wenn wir keine Lösung finden, werde ich die Fazenda Verde verkaufen müssen. Dann bleibt mir wahrscheinlich kaum etwas übrig. Ich muss eine Lösung finden. Ansonsten verlieren alle diese Arbeiter ihren Job."

Tränen glitzerten in Confianzas Augen und ihre Stimme war nur noch ein leises Flüstern, als sie weitersprach: „Die größte Sorge bereitet mir jedoch der Schuldschein von Marcia Alves, dem berüchtigten Drogenboss von Rio. Er versucht uns und die Arbeiter zu zwingen, für ihn Kokain anzupflanzen, doch das werde ich, so lange ich lebe, nicht dulden."

„Wie hoch sind die Schulden, die dein Vater bei Marcia Alves hat?" Als die Brasilianerin Bruce die Summe nannte, seufzte dieser mitfühlend auf. Entschlossenheit klang in seiner Stimme mit: „Wie können wir euch unterstützen?" Auch Hope bot bereitwillig ihre Hilfe an. Confianza lächelte schwach und erwiderte: „Wir brauchen mehr freiwillige Helfer in den verschiedensten Bereichen. Den umliegenden Arbeitern haben wir versprochen, die Hälfte der Einnahmen bar auszubezahlen, und angeboten, dafür zu sorgen, dass ihre Familien von uns täglich eine Mahlzeit gratis bekommen. Das zu organisieren, bringt sehr viele Umtriebe mit sich. Es sind insgesamt an die hundert Leute, die wir täglich verköstigen müssen. Miguel wird neben der alten Kühlhalle einen überdachten Essplatz aufstellen. Mit zusammenklappbaren Bänken bringen wir dort die meisten unter. Diejenigen, die zu weit entfernt wohnen oder keine Fahrmöglichkeit besitzen, werden von den Nachbarn mit unserem Essen versorgt. Lorenzo Pereira, der Vater von Miguel, bringt morgen einen Feuerofen mit und meine Tante Luciana übernimmt das Kochen."

Sofort meldete sich Bruce zu Wort und erbot sich, in der Küche zu helfen. „Mich kannst du überall einsetzen", meinte Hope und fügte resolut an: „Auf keinen Fall lassen wir zu, dass du auf der Straße leben musst."

„Wir können dir auch mit Geld aushelfen oder noch besser, wir gründen eine Firma", fügte Bruce bereitwillig hinzu. Confianza war angetan von seinem Vorschlag, schlug ihn jedoch im Moment noch aus: „Wir warten auf Bontà. Sie soll zuerst über die Zahlen gehen und schauen, ob überhaupt noch etwas zu retten ist. Aber schön, dass es solch wunderbare Menschen wie euch gibt." In diesem Moment hörten sie polternde Schritte auf der Außentreppe. Miguel, halb verhungert und total erschöpft, trat zu ihnen auf den Verandasitzplatz. Sofort erhob sich seine Cousine und brachte zur Freude des Brasilianers eine große Schüssel voller Feijoada, auf die er sich mit Heißhunger stürzte. Während Miguel aß, hörte er zu, was Confianza zu berichten hatte. Als sein Magen gesättigt war, schob er die leere Schüssel von sich und lehnte sich im Korbstuhl zurück.

Hope fand, dass sein grimmiger Ausdruck ein wenig von ihm gewichen war. Sein Unmut war auch gerechtfertigt, wenn man bedachte, in was für Problemen Miguel und Confianza zurzeit steckten. Sein schwarzes Haar, das ihm bis zu den Schultern reichte, klebte, wie auch das schmutzige Trägershirt, von dem feuchtheißen Klima an seinem Körper. Wilde Locken fielen ihm in die Stirn, die er jedoch gedankenverloren mit seinen langgliedrigen Fingern aus dem Gesicht hinter die schön geschwungenen Ohren strich. Ein blauer glitzernder Stein schmückte sein linkes Ohrläppchen und Hope war hingerissen, als sie es bemerkte. Nicht viele Männer konnten solchen Schmuck tragen, ohne ihre Männlichkeit einzubüßen. Doch Miguel war trotz seiner etwas ernsten Art und Weise eine charismatische Persönlichkeit, was die Amerikanerin schnell bemerkt hatte. Seine gebräunten, von Muskeln und Sehnen überzogenen Arme kreuzte er vor seiner breiten Brust und hörte seiner Cousine aufmerksam zu. Confianza fügte noch an: „Hope wird dich morgen zu den entlegenen Plantagen begleiten, wo sie dir hilft, die bestellte Obstlieferung abzuholen." Die Amerikanerin fühlte eine Hochstimmung in sich aufsteigen. Hier wurde sie gebraucht und durfte ihrer Freundin unter die Arme greifen. Das fühlte sich wirklich gut an. Miguel hingegen war über Confianzas Vorschlag nicht gerade erfreut. Er setzte erneut seinen mürrischen Blick auf, strich sich über die kurzen Stoppeln, die an seinem Kinn sprießten, und entgegnete trocken: „Dann gehen wir lieber mal schlafen. Um vier Uhr geht's los und dann beginnt ein sehr langer anstrengender Tag." Der Brasilianer erhob sich, nickte zum Abschied und verschwand im Haus. Kurz darauf hörte man das Wasser durch die alten Rohrsysteme rauschen. Miguel hatte sich eine ausgiebige Dusche genehmigt.

Bruce setzte sich mit seiner Gitarre auf die obersten Stufen der Veranda und spielte leise vor sich hin, dazu summte er mit seiner sonoren tiefen Stimme. Das gab der Melodie eine leicht melancholische Note. Die ruhige friedliche Atmosphäre, die sich nun ausbreitete, wirkte einschläfernd und die beiden Frauen zogen sich zur Nachtruhe zurück. Beim Abschied umarmten sich die Freundinnen innig. Confianza empfand tiefe Dankbarkeit für die Unterstützung der amerikanischen Freunde. Zum ersten Mal seit ihrer Heimkehr regte sich ein Hoffnungsschimmer in ihr. Hope konnte die Erleichterung der Brasilianerin deutlich spüren. Bruce, Bontà und Confianza waren die wichtigsten Menschen in ihrem Leben geworden. Hope war zu einer vorsichtigen jungen Frau herangewachsen und verschenkte nicht so leicht ihr Vertrauen. Zwischen ihr und Miguel war eine Verbindung, die sie nicht so recht deuten konnte. Eine innere Stimme flüsterte ihr zu, Abstand zwischen dem attraktiven Brasilianer walten zu lassen. Aber die Neugierde und das Interesse am Cousin ihrer Freundin waren stärker. So stellte die Amerikanerin Confianza leise eine Frage, die ihr schon lange auf der Zunge brannte: „Ist Miguel immer so mürrisch?" Ihr heller Teint überzog sich mit einer verdächtigen Röte. Als könnte jemand in dem großen Haus sie belauschen, erwiderte Confianza im selben Flüsterton: „Der arme Kerl trägt momentan eine große Last auf den Schultern. Mein Cousin ist normalerweise sehr umgänglich."

Das Interesse ihrer Freundin an Miguel war ihr natürlich nicht entgangen und so schmunzelte sie, als sie Hope gute Nacht wünschte. „Miguel und Hope, das würde noch heiter werden", dachte sie und unterdrückte ein Kichern. Beide besaßen ein außergewöhnlich feuriges Temperament. Ob das gut gehen würde? Confianza schaute hinauf in den Himmel, seufzte und murmelte: „Die Zukunft steht in den Sternen geschrieben, nur kann ich sie leider nicht lesen." Ein Lächeln erschien auf ihrem Gesicht und in dieser Nacht schlief sie tief und fest.

Um halb vier am Morgen klopfte, nein, hämmerte jemand an Hopes Zimmertür. Aus tiefem Schlaf gerissen und von der Dunkelheit umhüllt, murmelte die Amerikanerin unverständlich derbe Worte. Normalerweise stand sie nie in solcher Herrgottsfrühe auf. Als sie sich das dünne Laken über den Kopf ziehen wollte, wurde es ihr einfach weggerissen. Wütend versuchte Hope, die schweren Augenlider zu öffnen, doch das Einzige, was sie zustande brachte, war ein kurzes Blinzeln. Ein dunkler mächtiger Schatten thronte über dem Bett und eine tiefe Stimme befahl ihr aufzustehen. Hope setzte sich abrupt auf und umklammerte ihre nackten Beine, während sie mit weit aufgerissenen Augen Miguel anstarrte und ein rauer kratziger Laut sich ihrer Kehle entrang. „Tu so etwas nie wieder", zischte sie bebend vor Zorn, als sie sich von dem Schock erholt hatte.

Und anstatt eingeschüchtert hinauszugehen, blieb Miguel, wo er war, und lachte amüsiert auf. Das wiederum trieb den strapazierten Puls von Hope noch mehr in die Höhe und die gereizten Nervenströme summten wie ein ausgerissener wilder Bienenschwarm in ihrem Kopf. Bevor sie noch mehr zornige Worte finden konnte, kehrte ihr Miguel den breiten Rücken zu und war verschwunden. Die Tür ließ der Brasilianer jedoch offen und Hope hörte ihn in der Küche herumwerkeln. Kurz danach roch sie den frischen Duft von würzigem Kaffee. Hope schlüpfte in knielange, ausgefranzte Jeans und schnappte sich ein ärmelloses orangenfarbenes bedrucktes T-Shirt. Während sie ihr Zimmer nach den knöchelhohen grünen Turnschuhen absuchte, band sie die wilde rote Lockenmähne zu einem Pferdeschwanz. Sie benetzte das Gesicht mit kaltem Wasser. Ein feiner Lidstrich genügte, um ihre grünen Augen zu betonen. Mit einem letzten Blick in den Spiegel warf Hope sich zufrieden die braune Baumwolltasche über die Schulter. Immer noch ein wenig verärgert stapfte sie in die Küche. Ein frischer Duft nach Sonnencreme stieg Miguel bei ihrem Eintreten in die Nase und er stellte der jungen Frau resolut eine Tasse Kaffee hin, die Hope dieses Mal ohne Widerworte ergriff.

„Du bist ein schöner Morgenmuffel, minha querida." Miguel hoffte, dass die Amerikanerin im Laufe des Morgens bessere Laune bekäme, ansonsten müsste er der Freundin seiner Cousine bessere Manieren beibringen. Er füllte zwei Schalen mit frischem Obstsalat und stellte noch eine Packung Maisflocken auf den Tisch. Ein gemurmeltes Dankeschön kam nun über ihre Lippen.

Nachdem die beiden schweigend das Frühstück verspeist hatten, spürte Hope, wie ihr Blutkreislauf langsam zum Leben erwachte und ihre Hirnzellen aktivierte. Während sie die Küche in Ordnung brachte, trank sie den restlichen starken Kaffee aus und füllte das schmutzige Geschirr in die Spülmaschine. Als sie nach draußen trat, belud Miguel beim alten Kühlhaus bereits den Lastwagen mit leeren klappbaren Kunststoffharassen. Hope sprang in den ziemlich havarierten Laster und half ihm dabei. Noch war es dunkel und die Luft hatte sich in der Nacht ein wenig abgekühlt. Aber sobald die Sonne aufging, würde ein neuer feuchtheißer Tag anbrechen.

Miguel nahm die engen kurvenreichen Straßen viel zu schnell und Hope wurde es richtig flau im Magen.

„Wenn ein Fahrzeug uns entgegenkommt, wohin willst du dann ausweichen?", fragte Hope bedenklich und versuchte, ihre Stimme nicht zittrig klingen zu lassen. Steile Hänge und dickes Gestrüpp wucherten an den Straßenkanten, die meist nahtlos mit der Natur verschmolzen.

„Minha querida, hast du Angst? Da kommt uns keiner entgegen. Die meisten Plantageries besitzen nur kleine Dreiräder mit Anhänger und mit denen sind sie heute kaum unterwegs, da sie wissen, dass wir ihre Früchte abholen werden." Miguel schaute mit einem verschmitzten Lächeln kurz zur Beifahrerin.

Die Amerikanerin verzog keine Miene, klammerte sich jedoch verkrampft an den Haltegriff, so dass ihre Fingerknöchel weiß hervortraten. „Ich liebe es, schnell zu fahren, aber nur wenn ich selber am Steuer sitze", entgegnete Hope und war froh, dass ihr die Stimme wieder gehorchte. Schon nahm Miguel die nächste Kurve mit quietschenden Reifen. Auf keinen Fall wollte sie dem Brasilianer die Freude gönnen, die hartgesottene Hope Schnyder aus den USA in Angst und

Schrecken versetzen zu können. Denn dann würde es der Kerl immer wieder versuchen und sich dabei im höchsten Maße amüsieren. Hope war erleichtert, als sie beim ersten Obstbauer eintrafen und sie aussteigen durfte. Auf ihren wackeligen langen Beinen folgte sie Miguel. Das regelmäßige tiefe Ein- und Ausatmen nahm ihr zum Glück die Übelkeit, die während der Fahrt nicht gewichen war.

Die Plantageries und ihre Familien waren überaus freundlich und Hope als hellhäutiger Rotschopf wurde eingehend einer Musterung unterzogen. Sie trug einen alten Strohhut, der ihre empfindliche Haut vor der Sonne schützen sollte. Selten kamen Fremde bis in das Landesinnere und wenn, waren es meistens Tramper auf der Durchreise in den tropischen Regenwald. Die rothaarige Senhorita beherrschte ein wenig ihre Sprache und half tatkräftig mit, die Früchte zu verladen. Das wiederum gefiel den Einheimischen und Hope holte sich damit einige Pluspunkte ein. Miguel verhandelte lautstark mit den Männern um einen angemessenen Preis, während der Rest der Familie die Amerikanerin gastfreundlich bewirtete. In den sehr einfachen Behausungen wurden ihr köstliche Früchtedrinks und selbstgebackene Maisbrötchen serviert. Später, als die Männer dann im friedlichen Einvernehmen den Handel endlich abgeschlossen hatten, wurde dieser noch mit einem Pitù, dem berühmten und berüchtigten Zuckerrohrschnaps, besiegelt. Auch Hope musste das Nationalgetränk probieren und einer der Obstbauern war so hingerissen von ihr, dass er ihr eine ganze Flasche selbstgebrannten Schnaps schenkte. Die Wärme und der Alkohol stiegen ihr ein wenig zu Kopf. Sie versprach den Frauen und Kindern beim nächsten Besuch etwas mitzubringen, als Dankeschön für ihre Gastfreundlichkeit. Die einheimischen Frauen waren begeistert von ihren roten Haaren und die Frage, ob die Farbe auch wirklich echt sei, kam des Öfteren zur Sprache. Einige junge Mädchen bewunderten Hopes Nabelpiercing. Den runden Smaragd, beinahe so groß wie eine Fingerkuppe, konnte man bei ihrem kurzen Shirt nicht übersehen. Auch Miguel schenkte der hellen Haut und der schlanken Figur mehr als einen Blick. Er musste sich eingestehen, dass auch ihm der Pitù ein wenig zu Kopf gestiegen war. An seinem Fahrstil konnte Hope jedoch bei der Rückfahrt nichts mehr aussetzen. Da der Lastwagen ordentlich beladen war, benötigten sie die dreifache Zeit für die Rückreise. Miguel fuhr vorsichtig und konzentrierte sich auf die kurvenreiche Straße, während er Hopes frivolem Geplapper zuhörte, das eindeutig an dem Zuckerrohrschnaps lag, der ihr in den Kopf gestiegen war. Die Vernebelung verleitete die junge Frau dazu, die geschenkte Flasche zu öffnen. Nach einem großzügigen Schluck bot sie den selbstgebrannten Pitù Miguel an. Dieser schlug ihr Angebot höflich aus und versuchte den zum Teil steilen Abstieg auszubremsen. Zu hohe Geschwindigkeit hätte den alten überfüllten Laster bei einer scharfen Kurve sonst ausbrechen lassen. Hope war sich der Gefahr gar nicht bewusst. Die junge Frau driftete ab und verfiel in eine melancholische Stimmung. Hope wurde plötzlich von der Vergangenheit eingeholt. Der Rausch des Alkohols nahm völlig Besitz von ihr und Erinnerungen, die sie stets zu verdrängen versuchte, katapultierten die junge Frau zurück in einen Lebensabschnitt, den sie am liebsten ausgelöscht hätte. Doch man konnte das Geschehene nicht einfach ungeschehen machen. Mit einem ausdruckslosen Gesichtsausdruck begann sie vom Leben in Kalifornien zu erzählen: „Weißt du, Miguel", lallte sie mit schwerer Zunge, „hier in Brasilien leben die Menschen wirklich bescheiden und wirken sehr zufrieden in ihrem Alltag. In Los Angeles, wo ich aufgewachsen bin, unter den Superreichen und den berühmten Stars, fand ich mein Leben so sinnlos. Der ganze Rummel dort dreht sich nur um Schönheit, Erfolg und Tratsch, wobei der Letztere zu boshaften Zwecken angewendet wird. Dazu kommen noch die Reporter, die dir überall auflauern und dich bespitzeln. Die meisten berühmten Stars schwimmen im Luxus, doch sie sind kleindenkend und mit sich unzufrieden. Diese armseligen Geschöpfe, denen ich leider auch angehöre, vernebelt von Alkohol- und Drogenexzessen, können nicht mehr klar denken." Hope fühlte, wie sich in ihrem Kopf alles zu drehen begann. Ausschnitte aus der Vergangenheit rauschten wie abgehackte Szenen an ihr vorbei. Dann wurde ihr plötzlich sterbensübel. „Halt bitte sofort an", lallte sie mit letzter Kraft und konnte sich gerade noch aus der offenen Türe lehnen, wo sich ihr Magen krampfartig entleerte. Miguel rannte besorgt um das Fahrzeug, das mit laufendem Motor mitten auf der Straße stand, und hielt Hope an den Schultern fest, so dass sie nicht herausfallen konnte, während Wogen von Brechreizen sie erneut durchrüttelten. Als das Würgen endlich beendet war, hielt Miguel ihr sein Taschentuch hin. Dann spülte Hope mit einem Schluck lauwarmen Wasser den Mund aus. Erschöpft lehnte sie sich in den Sitz zurück und Miguel half ihr dabei. Lautlos bahnten sich Tränen einen Weg ins Freie. Tief und rau entrangen herzergreifende Schluchzer aus ihrer Kehle. Ihr geschwächter, gequälter Körper erschauerte.

Miguel strich ihr eine verschwitzte, feuchte Haarlocke aus dem Gesicht und seine Stimme klang weder vorwurfsvoll noch verärgert. Reine Besorgnis und Fürsorge lag darin: „Minha querida, ruh dich aus. Bis wir zuhause sind, geht es dir wieder besser." Zu erschöpft, um beschämt zu sein, ließ sich Hope von Miguels Worten einlullen. Das Tuckern des fahrenden Lastwagens ließ sie eindösen.

Als sie spätabends die Fazenda Verde erreichten, schlief Hope tief und fest. Ihr Kopf ruhte an der breiten Schulter von Miguel und der zarte, süßliche Duft ihrer Körperlotion, die einen Hauch Jasmin enthielt, verströmte sich im Wageninneren. Zum ersten Mal hatte der Brasilianer die selbstsichere Frau in einem anderen Licht gesehen. Die schwerliegenden Verletzungen, die aus dem Inneren von Hopes Seele an die Oberfläche gedrungen waren, hatten Miguel tief erschüttert. Der äußere Schein, den Hope täglich zur Schau stellte, war nur ein Trugbild. Sie überspielte damit ihren inneren Schmerz und die seelische Zerrissenheit. Der Schaden wurde von dem sozialen Umfeld ausgelöst und hatte sie geprägt.

Diese Erkenntnisse hinterließen im Herzen von Miguel einen dumpfen Schmerz. Hope war das Opfer einer kapitalistischen Gesellschaft. Von Anfang an hatte er die Anziehungskraft zwischen ihnen gespürt. Die selbstsichere, fast arrogante Art der bildschönen Rothaarigen hatte ihn jedoch auf Abstand gehalten. Doch wie Hope heute mit den Frauen und Kindern umgegangen war, hatte Miguel eine ganz neue Seite an ihr gezeigt. Die Herzlichkeit, die sie plötzlich erfasst hatte, und die Spur Zufriedenheit, die in ihren wunderschönen Augen aufblitzte, hatten Miguel enorm fasziniert. Die dunkle und schwache Seite, die später zum Vorschein gekommen war, lösten in dem Brasilianer einen sehr starken Beschützerinstinkt aus. Bisher hatte er nur für Confianza solche Gefühle gehegt und sie vor allem und jedem beschützen wollen. Doch nun erwachten neue, undefinierbare Empfindungen für die rothaarige Amerikanerin mit den smaragdgrünen Augen. Vom Alkohol verwirrt und körperlich geschwächt, war ihre robuste Fassade eingebrochen und enthüllte einen zerbrechlichen Kern. Und gerade diese weiche sensible Seite an Hope hatten in Miguel eine bisher unstillbare Sehnsucht erweckt.

Sachte schob er seine Arme unter ihre Kniebeugen und hob die im Schlaf vor sich hinmurmelnde Frau aus dem Fahrzeug. Als er vorsichtig die Stufen hinaufschritt, entdeckte er in dem fahlen Schein der Verandaleuchte Bruce, der schläfrig im Korbstuhl saß, aber sofort hellwach aufsprang, um ihnen die Tür mit dem Insektenvorhang zur Seite zu schieben. Er folgte Miguel bis auf Hopes Zimmer. Dort sah er gerührt zu, wie der junge Mann seine Schwester sanft auf das Bett legte, ihr die Schuhe auszog und sie mit dem dünnen Laken fürsorglich zudeckte. Ein letzter Blick auf Hopes blasses Gesicht ließ Miguels Augen beinahe schwarz wirken. Dann verschloss er den weißen Moskitovorhang und verließ geräuschlos das Zimmer. Bruce folgte ihm. Ohne aufgefordert zu werden, half der Amerikaner, die gefüllten Kisten in den alten Kühlraum zu bringen. Am nächsten Tag in der Frühe sollten die bestellten Lieferungen nach Rio in die Markthalle gebracht werden, wo dann der Verteiler die frischen Früchte direkt an die Hotelketten belieferte. Die Arbeit verrichteten die Männer im Schweigen, während die Stille der Nacht die Umgebung einhüllte. Als Miguel die angebrochene Flasche Pitù aus der Fahrerkabine nahm und zum Haus schlenderte, fragte Bruce besorgt: „Hat Hope Alkohol getrunken?" Miguel nickte nur und stellte den Zuckerrohrschnaps auf den Tisch. Der Tag war lang und anstrengend gewesen. Ein kleiner Schlaftrunk würde auch ihm guttun und er schenkte sich und Bruce ein halbes Glas ein. Nachdem sie sich zugeprostet hatten, gestattete sich der Brasilianer die Frage, die ihm schwer auf der Zunge brannte: „Was hat Hope erlebt, dass sie solch ein verwundetes Herz mit sich trägt?"

Bruce schwieg eine Weile und musterte sein Gegenüber. In den dunklen kakaobraunen Augen sah er ehrliches Mitgefühl und der sorgenvolle Tonfall ließ ihn aufhorchen. Bis jetzt war er der Einzige gewesen, der die Bürden mit Hope geteilt hatte.

Vielleicht würde sich das ja nun ändern, doch es lag nicht in seinem Wesen, Geheimnisse von anderen Menschen auszuplaudern. Deshalb beschloss er, sich nur vage zu äußern, denn schließlich hatte der Brasilianer eine Antwort verdient: „Für ihr Alter hat Hope viel zu viel gesehen und hässliche Sachen durchlebt. Ich sorge mich sehr um meine Halbschwester. Ob sie je die Kraft finden wird, ihre Vergangenheit zu begraben, kann ich dir nicht versprechen. Bisher lebte sie ein einsames, trostloses Leben. Ich wünsche mir so sehr, dass sie eine Aufgabe findet, die ihr Antrieb gibt. Jeder Mensch sehnt sich nach Freude und Frieden." Bruce entrang ein tiefer Seufzer. In den letzten Satz hatte er sich miteinbezogen. Über Gefühle sprach der Kalifornier kaum, denn die Muse der Musik half ihm seine stillen Sehnsüchte zu entladen. Und das zufriedene Empfinden danach genügte ihm. Miguel verstand, weshalb Bruce nicht mehr erläuterte. Er würde es Hope überlassen ihr Leben vor ihm auszubreiten. Als der junge Brasilianer später auf seinem Bett lag und in der Dunkelheit an die Decke starrte, nahm er sich fest vor, sich um Hope zu kümmern.

Am nächsten Tag erwachte Hope mit einer ausgetrockneten Kehle. Orientierungslos öffnete sie ihre verquollenen Augen. Der quälende Durst ließ sie ins angrenzende Badezimmer torkeln, wo sie sich zuerst Wasser ins Gesicht spritzte und danach durstig nach der Wasserflasche griff. Den Kater hatte sie sich selber zuzuschreiben. Die Versuchung, in ihrer Frustration nach einer Zigarette zu greifen, war groß, doch dieses Laster hatte sie vor über drei Monaten aufgegeben. Was hatte sie sich nur dabei gedacht, als sie gestern Pitù getrunken hatte. Hope wusste genau, wie der Alkoholkonsum sich auf ihr Gemüt auswirkte. Zuerst war sie so gelöst und beschwingt gewesen wie schon lange nicht mehr. Die vielen fremden

Menschen, mit denen sie gelacht und gescherzt hatte, konnte sie nie und nimmer mit den alten Bekannten aus Kalifornien vergleichen. Die Hochstimmung, die sie plötzlich mitgerissen hatte, heraufbeschworen von der Trunkenheit, hatte sie erneut auf den Abgrund zugetrieben. Der Tag danach, das ernüchternde Aufwachen, vor dem sie sich so schrecklich fürchtete. Nun musste sie die seelischen und körperlichen Qualen stillschweigend erdulden. Sie nahm zwei Aspirin zu sich und setzte sich langsam wieder auf das Bett. Erst jetzt bemerkte sie, dass sie noch ihre Kleidung von gestern trug. Nun wurde ihr auch bewusst, dass sie in ihrem komatösen Zustand kaum allein in ihr Zimmer gekommen war. Beschämung über die Gedächtnislücken und den Umtrieb, den sie anderen bereitet hatte, kroch ihr den Nacken empor und leichte Röte verteilte sich auf ihrem blassen Gesicht. Wie konnte sie sich vor Miguel nur so gehen lassen. Hatte er ihr nicht tatkräftig geholfen, als sich ihr Magen entleerte? Sie bedeckte den schmerzenden Kopf mit den Handflächen. Die wilde Lockenmähne bedeckte ihre von Selbstmitleid geprägten Gesichtszüge, als Confianza nach einem kurzen Anklopfen ins Zimmer trat. „Ich habe mir Sorgen gemacht. Es ist schon Mittag, und da dachte ich, es wird Zeit, nach dir zu sehen." Auch der Brasilianerin waren die dunklen Schatten unter den Augen ihrer Freundin sofort aufgefallen. „War es gestern so anstrengend bei der Arbeit mit Miguel? Ihr seid spät zurückgekehrt."

„Nein, nein", beschwichtigte sie Hope, „ich leide nur an Kopfschmerzen." Sie wollte Confianza nicht erzählen, dass sie an einem katastrophalen Kater litt. Sonst würde sie sich nur Sorgen machen und davon hatte sie im Moment wahrlich genug. Auch wollte Hope auf keinen Fall, dass sie Miguel die Schuld an ihrem Dilemma geben würde. Ihren Freundinnen hatte sie nie etwas über ihre vergangenen Ausschweifungen in

Kalifornien erzählt. Hope hatte sich geschämt. Nun war sie alt genug und für sich selbst verantwortlich.

„Soll ich dir etwas für die Schmerzen holen?"

„Nein, danke, ich habe gerade ein Aspirin genommen", entgegnete Hope mit rauer Stimme.

Confianza fand, sie sollte noch ein wenig schlafen: „Heute brauchst du nichts mehr zu machen. Morgen jedoch, hoffe ich, geht es dir besser, denn wir wollen Bontà und Antonio vom Flughafen abholen." Hope sah das freudige Aufblitzen in den braunen Augen ihrer Freundin und sie rang sich ein Lächeln ab. „Ein wenig Schlaf wird mir guttun", meinte sie zuversichtlich und nahm sich vor, eine ausgiebige Dusche zu nehmen, bevor sie wieder unter die Decke kroch.

Mitten in der Nacht erwachte Hope. Trotz des monoton brummenden Deckenventilators klebte ihr das weite T-Shirt am Körper. Aufgeschreckt von dem unerwünschten Traum, der sie des Öfteren verfolgte, spürte sie den hämmernden Pulsschlag. Noch gefangen von Bobby McLeans liebreizendem Lächeln und seinen schmeichelnden Worten, die ihr den Himmel auf Erden versprachen, kämpfte sie unterbewusst gegen die Macht dieser Lüge an. Dieser Mann hatte ihres Wissens noch nie zu seinem Wort gestanden. Stets, wenn Bobby McLean sich vorbeugen wollte, um sie zu küssen, entstellte sich sein Gesicht zu einer hässlichen Fratze und ein hämisches Grinsen hallte furchterregend in ihrem Kopf. Du meine Güte, war sie immer noch nicht über ihre eigene Dummheit hinweg? Wie konnte sie überhaupt nur einen Gedanken an diesen Mistkerl verlieren, geschweige sich von ihm ihre Träume bestimmen lassen. Heftig atmend setzte sie sich auf und schlang die Arme um die angezogenen Beine. So saß sie einige Zeit da, bis sich ihr Herzschlag normalisierte und sie klar denken konnte. Was Hope zu dieser Zeit noch nicht wusste, war, dass Bruce einen Anruf von seinem privaten Ermittler erhalten hatte. McLean wurde verdächtigt, an einer Kindesentführung mitbeteiligt zu sein und das nicht nur in einem Fall. Als Hope sich schwerfällig aufsetzte und die kleine Nachttischleuchte den Raum erhellte, sah sie zu ihrer Freude, dass jemand ihr eine Schale voller Früchte und eine Tasse kalten Tee gebracht hatte. Durstig und hungrig stürzte sie sich darauf und glitt danach wieder in einen tiefen Schlaf.

Am nächsten Tag fühlte sich Hope ausgeruht und voller neuem Tatendrang. Als sie mit einem hübschen knöchellangen Sommerkleid die Küche betrat, schauten sie drei Augenpaare fragend an.

„Ja, mir geht es wieder gut. Ihr könnt alle beruhigt sein", meinte sie mit einem strahlenden Lächeln, so dass sich an den Mundwinkeln ihre kleinen aufreizenden Grübchen bildeten.

Hope benahm sich, als wäre nie etwas geschehen, schenkte sich eine Tasse Kaffee ein und setzte sich neben Bruce an den Tisch, der genussvoll einen Löffel Joghurt mit Früchten und Maisflocken vertilgte. Innerlich beruhigt, dass seine kleine Schwester wieder wohlauf war, entschied er sich, seine neusten Erkenntnisse im Fall Bobby McLean noch eine Weile für sich zu behalten.

Miguel, dessen dunkle Augen die rothaarige Schönheit über den Tassenrand hinweg scharf musterten, musste sich eingestehen, dass Hope wusste, wie sie ihren tollen weiblichen Körper in Szene setzen konnte. Sein südamerikanisches Blut begann sich schon in den frühen Morgenstunden zu erhitzen und sein Mund wurde trotz des Kaffees staubtrocken. Seine erotischen Gedanken schweiften nun schon seit Tagen um die junge Frau und das wiederum strapazierte seine Nerven gewaltig. Etwas unwirsch erhob er sich vom Stuhl, spülte seine Tasse aus und tat sie in die Spülmaschine.

„Ich gehe mal und beginne mit dem Aufbau des Unterstandes für die Cantina. Ich hoffe, wir können heute Abend die neue Anlage bei festlichem Essen und Musik einweihen. Bis dahin sind eure Freunde aus der Schweiz hier."

Auch Bruce beendete sein Frühstück, tat es dem Brasilianer gleich und folgte ihm nach draußen, um ihm bei der Arbeit unter die Arme zu greifen. Confianza nippte an ihrem Kaffee, schaute ihnen nach und dachte, wie schön es war, dass die zwei unterschiedlichen Männer sich nach den anfänglichen Schwierigkeiten doch noch angenähert hatten. Sie trug ein knielanges dunkelblaues Kleid mit Falten und weißen Spitzenbordüren, die überall die Saumkanten zierten. Die Haare hatte sie geflochten und wie einen Kranzschmuck um den Kopf gewunden. Hope musste lachen, noch heute als erwachsene Frau glich sie dem guterzogenen Mädchen, mit dem sie das Zimmer im Internat einst geteilt hatte. Confianza würde wahrscheinlich noch im hohen Alter diese Schönheit und Reinheit ausstrahlen.

Die Fahrt zum Flughafen kam den beiden vor wie eine Ewigkeit. Die überfüllten Straßen und der stockende Verkehr zerrten an Confianzas Nerven. Sie war es nicht gewohnt, durch das lebhafte Rio zu fahren, geschweige denn an die hupenden, verbeulten Fahrzeuge, die sie achtlos kreuzten und von der Straße drängen wollten. Zum ersten Mal hatte Hope ihre Freundin fluchen hören. Das Wiedersehen mit Bontà und ihrem Bruder ließ die Strapazen auf Anhieb vergessen. Die drei Freundinnen kreischten wie Teenager bei der Begrüßung und brachen zuletzt in Freudentränen aus. Das brachte ihnen beachtliche Aufmerksamkeit und verhaltenes Lachen der Passanten ein. Confianza strahlte und ließ sich von Antonio fest an die breite Brust drücken.

„Wer hätte gedacht, dass wir uns so bald wiedersehen", meinte der Bruder von Bontà und hielt Confianza ein wenig von sich, um sie eingehend zu mustern. „Du bist noch hübscher geworden. Deine Heimat tut dir gut."

Unter seinen forschenden Blicken errötend schaute Confianza zu Boden, um ihre Verlegenheit zu verbergen. Als sie von ihrer Freundin vernommen hatte, dass Antonio sie begleiten würde, hatte sie in ihrem Übermut ein kleines Freudentänzchen aufgeführt. Der junge Mann hatte sich von Anfang an einen Platz in Confianzas Herzen erschlichen. Leider waren beide viel zu schüchtern gewesen, um näher aufeinander zuzugehen. Vielleicht würde die tropische Luft dafür sorgen, dass sie ihre Gefühle zueinander vertiefen konnten. Confianza zwang sich, ihre Gedanken im Zaum zu halten, denn schließlich waren ihre Freunde in erster Linie gekommen, um ihr bei den finanziellen Problemen zu helfen. Die Rückfahrt verlief schneller als die Hinreise, denn man hatte viel zu plaudern und der Verkehr zur Mittagszeit hatte erheblich nachgelassen. Das feuchtheiße Klima verschlug die Touristen an den Strand, wo sie sich ausruhten, um am Abend erneut ihre Partylaune auszulassen und bis in die frühen Morgenstunden zu tanzen.

Bei ihrer Ankunft waren die Arbeiten für die überdachte Cantina noch im vollen Gange. Lorenzo und Luciana, die Eltern von Miguel, bereiteten auf dem Feuerherd jedoch bereits die Mahlzeiten vor. Die Begrüßung war deshalb freundlich, aber kurz. Antonio ließ sein Gepäck stehen und half sofort beim Aufbau mit. Als gelernter Schreiner hatte er ein gutes Händchen und ausgezeichnete Ideen. Der junge Mann wusste genau, wo noch Querbalken, Verstrebungen und Haken für die Plachen befestigt werden mussten.

Als das Essen bereit war, stand auch die überdachte Cantina. Mit Hilfe der Arbeiter und ihren Familien konnte sogar die riesige Plache, die von jungen und alten Brasilianerinnen gemeinsam genäht worden war, aufgezogen werden. Mit der festlichen Stimmung brach auch Heiterkeit und Gelächter unter den vielen Menschen aus. Die Südamerikaner waren ein Volk, die nichts mehr liebten als gemeinsames Zusammensein bei Essen und Musik. Die langen schmalen Klappbänke waren bereits aufgestellt und gefüllte Obstkörbe verzierten die Tische, auf denen mehrere Wasserkrüge standen.

Als das Buffet eröffnet wurde, holte sich jeder einen Pappteller und die Menschen, Groß und Klein, standen in Reihen an. Bei den riesigen Kochtöpfen füllten ihnen der Koch und die Köchin mit großen holzgeschnitzten Löffeln die Teller mit Feijoada. Das Gericht wurde von jedermann mit Heißhunger verzehrt. Musik durfte natürlich nicht fehlen. Bruce mit seiner Gitarre machte den Anfang, dann kamen Trommeln und Rasseln dazu. Jemand spielte sogar Saxophon. Auf dem Platz tanzten bereits einige Paare und noch mehr kamen dazu, als der heiße Rhythmus des Sambas erklang. Wie gesagt, die Südamerikaner waren ein eigenes Volk, liebten fröhliche Momente und wussten auch diese auszukosten. Die Musik und das Tanzen wurden ihnen schon in die Wiege gelegt.

Auch Hope bewegte ihren Körper anmutig und wiegte dabei ihre Hüfte im Einklang mit der Musik. An ihrem Nabel glitzerte der grüne Smaragd mit den kreisenden Bewegungen um die Wette und wenn sie sich drehte, kamen auch der wohlgeformte Po und die langen Beine zur Geltung. Der Anblick betörte Miguel bereits so sehr, dass er meinte, langsam zu erblinden. Als Hope ihn dann noch auf die Tanzfläche zog, war er froh, so weite Baumwollhosen zu tragen, wodurch seine Erregung verborgen blieb. Dem Südamerikaner lag der Samba im Blut, musste Hope sich eingestehen, als Miguel gekonnt mit einer Gelenkigkeit, die sie verzauberte, um die Amerikanerin kreiste. Die schwungvollen kreisenden Bewegungen erinnerten Hope an ein Paarungsritual und ein leichter Schwindel überkam sie. Sie lachte von dem Gedanken gefesselt laut auf und war froh, dem Pitù heute entsagt zu haben. Man konnte auch ohne alkoholische Getränke ausgelassen feiern.

Bontà studierte mit einem ernsten Gesichtsausdruck und hochgezogenen Brauen die Menschen. Auch der attraktive Halbbruder von Hope mit seinem anziehenden Lächeln war ihr aufgefallen. Der Musiker untermalte seine Gitarrensolos mit seiner melodiösen tiefen Bassstimme und zog dabei wie ein Magnet die Aufmerksamkeit der jungen Brasilianerinnen auf sich. Natürlich waren die blauen Augen mit den dunkelblond gesträhnten Haaren eine Augenweide für jedes weibliche Wesen. Doch Bontà war eine bodenständige, kluge Frau, die sich von keinem Schönling bezirzen ließ. Auch wenn der Musiker ihr hin und wieder ein aufreizendes Lächeln zuwarf. Bruce war die ernste junge Frau mit den graugrünen Augen von Anfang an aufgefallen. Sie war keine Schönheit, doch die Wachsamkeit in ihrem Blick und das gekonnte Pokerface, das Bontà die ganze Zeit aufgesetzt hatte, faszinierten ihn. Selten war ihm eine Frau begegnet, die nicht auf seinen Charme reagierte. Wenn sie einmal lächelte, dann nur verhalten, dabei zog sie ihren linken Mundwinkel leicht in die Höhe. Die Augenbrauen verschwanden unter den dunkelbraunen gewellten Ponyfransen und kurz zierten kleine Lachfalten die Augenwinkel. Worte gebrauchte diese Frau kaum und wenn sie sprach, drangen nur gezielte kurze Sätze aus ihrem Mund. Die sinnlichen vollen Lippen, die sie meist streng zusammenkniff, wurden beim Sprechen weicher und ließen ebenmäßige weiße Zähne aufblitzen.

Auch ihr Bruder Antonio schien von der ernsten Sorte zu sein. Wahrscheinlich lag die Zurückhaltung in der Familie. Der junge Mann jedoch schien sehr umgänglich und hilfsbereit zu sein. Kaum auf der Fazenda Verde eingetroffen, verrichtete er unaufgefordert jegliche handwerklichen Tätigkeiten, schnell und äußerst perfekt. Hoffentlich würde auch die ernste Buchhalterin so effizient arbeiten und in dem Durcheinander endlich Ordnung schaffen können. In sich hineinschmunzelnd, was für ein lustiges gemischtes Team sie doch waren, stimmte Bruce in einen Samba ein. Sofort begleitete ihn ein weiteres Saiteninstrument, das kleiner als die klassische Gitarre war. Die Einheimischen nannten es Viola. Darauf setzten Rasseln, Tamburins und Harmonika ein, auch das Berimbau, das typische brasilianische Instrument, das aus Afrika stammte und mit seinem hohen rhythmischen Ton den Takt angab. Es ähnelte einem Blasinstrument und gleichzeitig einer Hupe und durfte auf keinen Fall fehlen. Frauen und Männer sangen und tanzten dazu.

Gegen Mitternacht zogen sich die meisten mit ihren Familien zurück. Morgen war Sonntag und die Leute genossen den Tag der Ruhe und Besinnlichkeit. Bontà war nicht entgangen, dass Hope sich bei ihrem Halbbruder einhakte und ihn von einer Gruppe Brasilianerinnen fortführte. „Aha", dachte sie bei sich, „musste doch die kleine Schwester den großen Bruder vor den Frauen beschützen." Die Verachtung war Bontà anzusehen, als sie sich abwandte und ihren Blick herumschweifen ließ. Auch sie machte sich ständig Sorgen um ihren Bruder. Doch Antonio stand neben Confianza und schenkte ihr beim Zuhören ein verträumtes Lächeln. Dass die beiden einen guten Draht zueinander hatten, war ihr bereits in Lugano aufgefallen. Zu oft hatte sie die beiden in tiefsinnigen Gesprächen beobachten können und dabei die leichte Röte auf dem Gesicht von

Confianza wahrgenommen. Antonio war, ohne lange zu überlegen, ihrer Aufforderung, sie nach Rio zu begleiten, nachgekommen. Das Strahlen in seinen graugrünen Augen, wenn er die Brasilianerin anschaute, war eine Seite an ihm, die er verloren hatte. Bontà wünschte sich so sehr, dass ihr Bruder endlich wieder Gefallen am Leben finden würde, denn die Vergangenheit trübte noch immer seine Gedankenwelt. Gerade wollte Bontà zum Haus schlendern, als Miguel an ihre Seite trat. Der temperamentvolle attraktive Brasilianer gefiel ihr. Seine unerschütterliche Energie wirkte auf die junge Frau richtig betörend und erweckte in ihr eine frivole Heiterkeit. Miguel und Hope passten perfekt zusammen, dachte die ernste Tessinerin und hoffte innigst, auch einmal solch einem attraktiven Mann zu begegnen. Wie sie beim Tanzen bemerkte, knisterte es gewaltig zwischen den beiden. Seinen englischen brasilianischen Akzent fand sie ausgesprochen süß und seine muskulöse Erscheinung beeindruckend. Auch wenn Bontà nicht klein war, überragte Miguel sie um einen ganzen Kopf. Seine dunklen Augen ruhten sanft auf ihr und in seiner Stimme klang echte Zuneigung mit: „Es ist wirklich sehr nett von dir, uns bei den Problemen zu helfen und so schnell herzukommen. Wir sind dir unendlich dankbar für deine Hilfe und hoffen, dass du und Antonio dafür eine schöne Zeit auf der Fazenda Verde verbringen werdet. Du bist das erste Mal in Brasilien?" Bontà nickte und hielt sich beim Gähnen anstandshalber die Hand vor den Mund. „Aha, der Jetlag macht sich bemerkbar. Dann lass ich dich schlafen gehen." Spontan küsste Miguel ihr galant die Hand zum Abschied und verschwand im Dunkeln. Als Bontà die Veranda erreicht hatte, winkte sie Hope und Bruce zu, die in den entlegenen Korbsesseln saßen und angeregt miteinander sprachen. Nach einem kurzen Lächeln der Geschwister, die ihr eine gute Nacht wünschten, marschierte sie direkt in ihr geräumiges Zimmer.

Dort schlüpfte sie nach einer erfrischenden Dusche unter den Moskitovorhang und war auch sogleich eingeschlafen.

Während Confianza und Antonio langsam um das Anwesen spazierten und die Ruhe, die nun eingekehrt war, genossen, schloss auch Miguel seinen Rundgang ab, um sicherzugehen, dass die Tür der alten Kühlanlage geschlossen war und kein Abfall die nachtaktiven Tiere anlocken konnte. Zuletzt löschte er die Glut des Feuers mit einem Eimer Wasser. Dann zog auch er sich durch den Hintereingang ins Haus zurück und legte sich schlafen.

Da Hope diesen Abend wirklich gute Laune hatte, beschloss Bruce, dass es nun die richtige Gelegenheit wäre, sein Wissen über Bobby McLeans Machenschaften seiner Halbschwester mitzuteilen: „Ich habe gestern einen Anruf eines Privatdetektivs erhalten, der von mir den Auftrag erhalten hatte, das Leben von McLean unter die Lupe zu nehmen."

Einen Moment starrte Hope fassungslos auf ihren Halbbruder und als sie ihre Stimme wiedergefunden hatte, fragte sie aufgebracht: „Das hast du hinter meinem Rücken gemacht?"

Beruhigend legte Bruce seine Hand auf die geballte Faust von Hope. „Hey Sweety. Take it easy. Ich hatte einfach ein ungutes Gefühl diesem Mistkerl gegenüber, was sich nun eindeutig bestätigt hat. George Murray, der private Ermittler, hat herausgefunden, dass Bobby McLean schon seit vielen Jahren junge Mädchen schwängert und ihnen verspricht, sich um das Kind zu kümmern. Nach der Geburt, die immer einen Kaiserschnitt beinhaltet, verschwinden diese Säuglinge. Den jungen ahnungslosen Frauen erzählt man, dass ihr Kind die Geburt leider nicht überlebt hätte. Bobby McLean kassiert danach jedes Mal eine ordentliche Summe von einer Organisation, die sich ACO, Adoption Child Organisation, nennt. Klingelt da nicht etwas in deinen Ohren?"

Hope realisierte unter Schock, was ihr Bruder ihr soeben mitgeteilt hatte, und schluckte schwer. Ihre Stimme war rau und kratzig vom übermäßigen Singen. Sie befeuchtete ihre ausgetrocknete Kehle mit einem Schluck vom lauwarmen Wasser, das auf dem Tisch stand. In der anhaltenden Stille, die nun folgte, hörte sie nur ihren heftigen Atem und das gelegentliche heftige Schlucken. Ihr Herz hämmerte und der erhöhte Puls raste durch ihre Blutbahnen. Die Erkenntnis, dass man sie belogen und betrogen hatte, machte sie außerordentlich wütend. Die gereizten Nerven begannen zu kribbeln, als würden tausende von winzigen Ameisen über gewisse empfindliche Hautpartien marschieren. Eine Zornesröte stieg ihr in den Kopf. Um Fassung ringend und um nicht laut herauszuschreien, gab sie nur ein unterdrücktes wütendes Schnauben von sich. Bruce hielt immer noch ihre verkrampfte Hand fest und sprach beruhigend auf sie ein: „George Murray versucht herauszufinden, wohin dein Kind gebracht wurde. Und dann werden wir diesen Mistkerl samt der Organisation vor Gericht zerren." Mit zitternder Stimme erwiderte Hope leise: „Das, was geschehen ist kann man nicht mehr ändern." Sie spürte den Schmerz, den sie glaubte, endlich verarbeitet zu haben, wie einen Giftstachel im hintersten Winkel ihrer Seele brennen.

Bruce riss sie aus dem Grübeln. „Ja schon, doch wir können dem Mistkerl das Handwerk legen und seine illegale Geldquelle zerstören, so dass nicht noch mehr junge Frauen solchen Schmerz erleiden müssen."

Die Worte von Bruce lösten in Hope den Drang nach Gerechtigkeit und auch ein bisschen eigennütziger Rache aus. Sie wünschte keinem, solch eine schmerzerfüllte Erfahrung machen zu müssen. Nicht alle Frauen würden so etwas unbeschadet überstehen. Der seelische Tiefpunkt könnte, wenn sie keine Unterstützung erhielten, sogar zum Suizid führen. Bruce war zu dieser Zeit ihr rettender Anker gewesen. Nach einem geräuschvollen Ausatmen musste Hope ihrem Bruder recht geben. „Ja, wir sollten dem ein Ende setzen."

Bruce sah die tiefe Trauer, die ihre Gesichtszüge überschattete. Das kurze Aufblitzen der smaragdgrünen Augen war das eindeutige Zeichen, das der Kampfgeist seiner Schwester geweckt worden war. Vielleicht könnte der Sieg über den Mistkerl und diese heimtückische Organisation die Traurigkeit aus dem Herzen von Hope für immer verbannen. Das Wagnis würde es wert sein. Die beiden saßen noch lange im stummen Einverständnis auf der Veranda und horchten den Geräuschen der Nacht. Eulenrufe und andere Laute der nachtaktiven Beutetiere unterbrachen das Rascheln der gefächerten Palmenblätter. Der warme feuchte Wind wehte sanft durch die üppige Vegetation und verströmte dabei verschiedene herrlich süße Aromen. Ein dezenter Hauch eines Jasminbusches, dessen Duft Hope so liebte, stieg ihr angenehm in die Nase. Eine Erleichterung breitete sich in ihrem Körper aus und schmälerte den Schmerz in ihrer Seele.

Bontà machte sich am nächsten Tag sogleich an die Arbeit. Sie verbrachte die meisten Stunden im Büro und ging akribisch die Buchhaltung durch. Angefangen bei den vergangenen zwanzig Jahren, versuchte sie die Zahlen und Summen irgendwie mathematisch einzuordnen. Wenn sie so an dem großen massiven Ebenholztisch saß, mit der halbrunden feingeschliffenen Brille auf der Nase, sah sie aus wie eine Gelehrte. Zwischen den Augenbrauen erschien eine kleine steile Falte, die auf ihre äußerste Konzentration hindeutete. Es war schwierig in dem Chaos einen Überblick zu erlangen, doch Bontàs eiserner Wille und ihre Ausdauer konnten diesbezüglich gut mit einem Spitzensportler mithalten.

Die Buchhalterin erschien in den nächsten Tagen nur kurz zu den Mahlzeiten, die sie jedoch kaum anrührte. Ihre Arbeitszeit dauerte jeweils bis spät in die Nacht hinein. Wenn Bruce noch alleine auf der Veranda weilte und auf seiner Gitarre spielte, brannte im Büro, das direkt neben dem Eingang lag, noch lange das Licht. Manchmal beobachtete er Bontà von seinem Zimmer aus, wie sie sich gegen Mitternacht auf dem Vorplatz die Beine vertrat. Sie dehnte und reckte dabei ihre steifen Glieder. Auch Yoga, eine ihrer beliebten Entspannungs- methoden, wandte Bontà des Öfteren in den frühen Morgenstunden auf dem kleinen Balkon an. Manchmal legte sie zwischen ihrem Arbeitspensum eine Joggingrunde ein, um sich danach wieder besser konzentrieren zu können. Einmal rannte sie die lange Strecke bis zu den neuen Kühlhallen. Dort traf sie sich mit Miguel, denn sie hatte etwas herausgefunden und wollte dieser Sache näher auf den Grund gehen. Bontà bat den Brasilianer, Erkundigungen über den früheren Buchhalter von Heitor Dias einzuholen. Sein Name war Luis Cortes. Dieser Mistkerl hatte sage und schreibe mehr als zehn Jahre lang Geld von der Fazenda Verde abgezweigt. Bontà, die zu dieser schrecklichen Einsicht gekommen war, wollte jedoch diese Tatsache vor Confianza noch geheim halten, bis Miguel alles über diesen skrupellosen Mann in Erfahrung gebracht hatte. Auch der Brasilianer versprach ihr, die neusten Erkenntnisse noch für sich zu behalten. „Ich werde schnellstmöglich Erkundigungen über den früheren Buchhalter einholen und dir Bescheid geben."

Sein Ärger war ihm deutlich ins Gesicht geschrieben. Miguel gesellte sich wieder zu seinen Männern und delegierte die Arbeiten, die noch ausgeführt werden mussten. Bontà nahm sich vor, in der Zwischenzeit eine genaue Tabelle mit den veruntreuten Geldern anzulegen. Es gab noch so viel zu tun, denn das Ultimatum des Drogenbosses Marcia Alves rückte immer näher.

9

Eine Woche später hatten Bontà und Miguel genügend Beweise gegen Luis Cortes gesammelt, um eine Sitzung einzuberufen. Der beste Zeitpunkt dafür, fanden alle, war der Abend, wenn die Arbeit verrichtet und der Hunger gestillt war. Die Freunde versammelten sich im Büro. Es wurden noch zusätzliche Stühle aufgestellt, was den kleinen Raum etwas einengte.

Nachdem Bontà den Betrug des früheren Buchhalters Luis Cortes in Höhe von über dreihunderttausend Real offengelegt hatte, fügte Miguel an, was er über Beziehungen und Schmiergelder erfahren hatte: „Luis Cortes arbeitet auch für Marcia Alves. Was ich noch herausgefunden habe, ist, dass der Betrüger auch für mehrere angesehene, reiche Männer in Rio die Buchhaltung führt. Dazu gehört der Botschafter Henry Coban aus den Vereinigten Staaten. Durch diese ranghohen Männer hat Marcia Alves auch Einblicke in die Politik, das Gericht und das Militär bekommen." Ein verärgertes Missfallen wurde hörbar geäußert. Alle sahen sich entsetzt an und fragten durcheinander, was denn nun zu tun sei. Da übernahm Bruce das Wort und bat um Aufmerksamkeit: „Hope und ich sind amerikanische Bürger. Wir könnten Henry Coban einmal einen Besuch abstatten und dabei die Verbindung seines Buchhalters zu dem Drogenboss Marcia Alves zur Sprache bringen. Ich glaube kaum, dass die Vereinigten Staaten die Verbindung zu einem Drogenkartell billigen werden. Die amerikanische Drogenbehörde DEA hat sicher auch ein großes Interesse an dem Fall." Hope kam eine blendende Idee und sie fügte an: „So viel ich weiß, ist Henry Cobans Frau aus Los Angeles. Ich habe sie einmal auf einer

Party meiner Mutter getroffen. Dieser Zufall könnte uns einen privaten Einlass in die Villa des Botschafters ermöglichen."

Confianza lachte erleichtert auf und erklärte erfreut: „Welches Glück, eine berühmte Schauspielerin zur Mutter zu haben."

Hope verdrehte nur leicht die Augen, enthielt sich jedoch eines Kommentars. Als Bontà noch eine weitere Frage zu einer hohen Summe stellte, die Heitor Dias an Marcia Alves ausbezahlt hatte, wurde Confianza ziemlich blass um die Nase. „Dein Vater hat im Jahr deiner Geburt und bis zu den Jahren, als du das Internat in der Schweiz besuchtest, dem Drogenboss Geld bezahlt. Nach meiner Ansicht deutet die ganze Sache auf eine Erpressung hin. Aber der Grund dafür ist mir einfach schleierhaft." Confianza holte aus dem Tresor die Adoptionspapiere und den Schuldbrief an Marcia Alves hervor. Ihre Hände zitterten leicht, als sie die Dokumente Bontà aushändigte. Diese setzte sich die Brille auf, las und verfiel einige Minuten in erstauntes Schweigen. „Du bist adoptiert worden, Confianza, durch ACO, Adoption Child Organisation?" Confianzas leises Gemurmel auf diese Frage war kaum hörbar: „Ich habe es erst nach dem Tod meines Vaters herausgefunden." Als der Name ACO fiel, wurden auch die zwei Kalifornier hellhörig. Bruce und Hope starrten sich gegenseitig entsetzt an. Das war ein außergewöhnlicher Zufall. Durch diese Enthüllung wurde Hope gezwungen ihre Vergangenheit preiszugeben, und sie berichtete voller Scham von ihrem exzentrischen ausschweifenden Lebensabschnitt. Während der Erzählung verkrampften sich Hopes Finger ruhelos ineinander und ihre Stimme klang noch rauchiger und tiefer als sonst: „Im Alter von fünfzehn Jahren verliebte ich mich in einen Musiker und gleichzeitig wurde ich drogenabhängig. Bobby McLean, der Gitarrist und Backgroundsänger aus der Band meines Vaters, war viel älter als ich. Das Verbotene zog mich damals an wie ein Magnet.

Die geheime Affäre wurde aufgedeckt und von meinen Eltern beendet. Doch es war schon zu spät. Ich war schwanger und außer Bruce und meinem Liebhaber wusste niemand von dem Kind. Nach der Geburt sagte man mir dann, der Säugling sei gestorben."

Als Hope die Stimme versagte und Tränen ihre Wangen benetzten, erzählte Bruce noch den Rest: „Ich habe einen privaten Ermittler in L.A. angeheuert, der den Mistkerl überwachen sollte. George Murray entdeckte, dass sich der Schurke ein florierendes Geschäft mit den geschwängerten Frauen aufgebaut hat. Zusammen mit der Adoption Child Organisation ACO haben sie etliche Säuglinge mit Hilfe eines Kaiserschnitts geholt und danach teuer verkauft. Den minderjährigen Mädchen sowie auch Hope wurde nach der Narkose erklärt, dass ihr Kind leider bei der Geburt gestorben sei. Dieser illegalen Organisation, der auch Ärzte und Pflegepersonal angehören, sollte man das Handwerk legen. Ich versuche den Privatdetektiv anzurufen und ihm die Details über den Fall hier zu erzählen. Vielleicht kann er in Brasilien ein paar Nachforschungen anstellen. Natürlich nur, wenn es dir recht ist, Confianza."

Die Brasilianerin war selbstverständlich damit einverstanden und hatte während der schockierenden Erzählung mitfühlend Hopes Hand ergriffen. Die Geschichte erschütterte jeden im Raum und scharfe Kritik wurde gegen Bobby McLean und die ACO erhoben. Miguel ballte seine Hände verkrampft zu Fäusten zusammen. Am liebsten hätte er den Mistkerl ausfindig gemacht und ihn mit bloßen Händen erwürgt. Wie konnte jemand Hope so etwas antun und ungestraft davonkommen? Auch was diese Organisation ACO illegal trieb, war absolut nicht tolerierbar und grenzte an Inhumanität. In was waren sie da alle eigentlich verstrickt?

Die ganze Sache wurde immer mysteriöser. Und womit hatte Alves seinen Onkel erpresst? Alle warteten gespannt auf Bruce, der im Zimmer nebenan den Anruf mit dem privaten Ermittler in L.A führte. Kurze Zeit später konnte Bruce die erfreuliche Mitteilung weitergeben, dass sich auch die CIA für den Fall interessierte. Diese weltweite Organisation, ACO, habe bereits ein sehr großes Netzwerk gesponnen.

George Murray versprach mit dem nächsten Flieger nach Rio zu kommen, um sich näher mit dem Buchhalter und dem Drogenboss zu befassen.

Hope, die sofort mit der Frau des Botschafters, Olivia Coban, in Verbindung getreten war, konnte für sich und ihren Bruder eine Einladung für Freitagabend ergattern. Sie würden sich morgen nach Rio begeben und dort ein exklusives Hotelzimmer mieten. Dann brauchtes sie für diesen noblen Anlass auch noch die geeignete Garderobe. Beim geladenen Dinner des Botschafters würden noch weitere einflussreiche Leute dabei sein. Unter anderem stand auch Luis Cortes mit seiner Frau auf der Gästeliste, was Hope zu verdanken war, denn sie deutete vage ein kleineres Buchhaltungsproblem einer Freundin an. Olivia Coban hatte sofort eingehakt und kurzerhand angeboten, einen Bekannten aus dieser Branche zusätzlich einzuladen. Als Gegenleistung versprach Hope am Abend mit Bruce eine musikalische Darbietung zu geben. Dieses Angebot wurde von der Gastgeberin euphorisch begrüßt.

Sichtlich zufrieden, nun endlich etwas ins Rollen gebracht zu haben, fügte Bontà in ihrer ruhigen Art hinzu: „Weshalb genehmigen wir uns nicht alle ein freies Wochenende und begleiten euch nach Rio? Diese Stadt und ihre

Sehenswürdigkeiten sollte sich jeder Besucher, wenn man schon mal hier ist, genauer ansehen." Ihr Vorschlag traf auf große Begeisterung und Miguel bestand darauf, eine kleine Besichtigungstour zu organisieren. Confianza erledigte mit einem Hochgefühl die Reservierungen in einem der exklusivsten Hotels in der Innenstadt von Rio.

Am Freitagmorgen fuhren sie zeitig nach Rio de Janeiro. Lorenzo und Luciana Pereira, die Eltern von Miguel, hielten die Fazenda Verde in der Zwischenzeit am Laufen. Das moderne glamouröse Hotel lag am Hang und die Aussicht auf das Meer und den Zuckerhut war grandios. Der Empfangsbereich, der sehr großzügig und komfortabel angelegt war, ließ die sechs Neuankömmlinge harmonisch mit den Touristen verschmelzen. Zuerst gestatteten sie sich eine ausführliche Shoppingtour durch die schicken Boutiquen in der Nähe der Ipanema, um die zwei Amerikaner elegant einzukleiden. In dieser berühmten Straße, die bis an den Strand führte, nahmen sie zur Stärkung einen kleinen Lunch zu sich. Auf dem Rückweg zum Hotel bummelten sie noch durch die einheimischen Geschäfte, wo das Einkaufen etwas weniger auf den Geldbeutel drückte.

Die Nachmittagshitze wurde trotz dem Wind, der vom Meer her wehte, erdrückend und so zog sich die Gruppe in die kühle Hotelhalle zurück, wo sie einen Caipirinha tranken. Der Cocktail wurde aus Zucker, Limetten und zerstoßenem Eis gemacht und schmeckte herrlich erfrischend. Danach verschwanden alle in ihre luxuriösen Zimmer, um ein kleines Nickerchen zu machen. Schließlich lag ein langer anstrengender Abend vor ihnen. Hope und Bruce hatten eine Suite bekommen. Ihr Image, den reichen amerikanischen Touristen anzugehören, passte perfekt zu ihrem Plan. Um acht

Uhr verließen sie mit einer gemieteten Limousine das schicke Hotel. Hope trug ein knöchellanges trägerloses Seidenkleid in der Farbe ihrer Augen. Das Haar hatte sie sich von einer jungen Frisörin hübsch aufstecken lassen. Die Perlenohrringe, die zur passenden Halskette gehörten, zierten ihre blasse pfirsichfarbene Haut und verströmten einen Hauch von Luxus. Bruce trug zu dieser Einladung einen hellgrauen Seidenanzug, der in der Farbe leicht irisierend glänzte. Sein gebräunter Teint passte ausgezeichnet zu seinen gesträhnten Haaren, die leicht gewellt bis auf den Kragen seines weißen Hemdes fielen, was ihm ein verwegenes Aussehen verlieh. Eine silberne Fliege schmückte statt einer Krawatte seinen muskulösen Hals und sein Dreitagebart war aus seinem attraktiven Gesicht verschwunden. Zusammen bildeten sie ein höchst aufsehenerregendes Paar, so dass sich manche Leute nach ihnen umdrehten, als sie graziös durch die Lobby schritten und die weiße Limo bestiegen.

Ihre Freunde hatten sich bereits in der Suite von den beiden verabschiedet und wünschten ihnen einen schönen erfolgreichen Abend. In der Zwischenzeit genossen die vier Zurückgebliebenen ein Abendessen mitten im Trubel der großen Metropole. Später würden sie vor der Villa des Buchhalters Luis Cortes in einem Außenviertel Wache halten. Miguel wollte das Risiko nicht eingehen, dass der Kerl eventuell kalte Füße bekam und einfach von der Bildfläche verschwand. Ihre Hoffnung, dass sie das gestohlene Geld so schnell wie möglich zurückerstattet bekamen, stand im Moment an erster Stelle. Auch wenn Miguel beim Anblick von Hope beinahe die Augen aus dem Kopf gefallen waren, konnte er sich noch rechtzeitig unter Kontrolle bringen, bevor er noch zu sabbern begann. Mein Gott, er war doch kein räudiger Hund. Es genügte schon, dass seine Stimme versagte und sein

Herzschlag für eine Sekunde stillstand. Das Lächeln, das Hope ihm schenkte, ließ seinen Puls geradezu galoppieren. Diesen bezaubernden Moment würde Miguel nie mehr vergessen. Bontà, der seine Reaktion auf ihre Freundin nicht entgangen war, musste ein Schmunzeln unterdrücken. Bei der Verwandlung von Bruce, der kurz darauf erschien, gefror ihr jedoch das Lächeln auf dem Gesicht. Die Selbstsicherheit, mit der dieser Mann seine Ausstrahlung zur Schau stellte, brachte ihr Blut zum Kochen. Wütend zog sie eine Augenbraue hoch und für einen Moment glaubte sie in den blauen Augen von Bruce Amüsement zu erkennen. Hatte der Kerl etwa bemerkt, dass sie nicht immun gegen ihn war? Wild entschlossen, ihn zu ignorieren, wandte sie sich Hope zu und äußerte ein paar bewundernde Worte über ihr Aussehen, bevor sie ihre Freundin aufmunternd auf die Wange küsste.

Confianzas Entzücken über das glänzende Erscheinungsbild der beiden wurde durch einen Redeschwall von Komplimenten in ihrer Muttersprache untermalt. Strahlend hakte sie sich bei Antonio ein. „Ihr seht oscarreif aus! Da kann ja gar nichts mehr schiefgehen", meinte dieser lachend und streckte anerkennend den Daumen in die Luft. Der junge Mann zwinkerte Hope zu, klopfte Bruce freundschaftlich auf die Schulter und fügte an: „Euer Auftritt sollte verfilmt werden." Lachend trennte sich die Gruppe.

Als Confianza, Antonio, Bontà und Miguel in einem kleinen Restaurant saßen und Moqueca aßen, das aus Fischfilet, gebraten in Palmöl, mit einer köstlichen Sauce aus Kokosmilch und überbackener Mais bestand, genossen sie das turbulente Treiben in der brasilianischen Großstadt. Antonio ließ sich von Confianza die Zusammensetzung der Moqueca erklären und die Brasilianerin versprach ihm, demnächst ihr eigenes Rezept des Nationalgerichts mit der Zugabe von Tomaten aufzutischen. Während die beiden fröhlich miteinander plauderten, entging ihnen das Schweigen ihrer Freunde. Bontà musterte den großen jungen Mann auf der anderen Seite. Miguels ernster Ausdruck gehörte zu seiner charismatischen Erscheinung. Doch wenn er einmal lachte, was er gerade in diesem Moment tat, strahlte er eine ungeheure Attraktivität aus. Manchen weiblichen Gästen entging seine Gegenwart nicht. Die Frauen verdrehten ihre Köpfe nur allzu oft in seine Richtung und dabei genossen sie den Anblick, den Miguel ihnen bot. Die weißen Zähne blitzten auf und seine markanten Gesichtszüge wirkten nach dem köstlichen Essen eindeutig entspannter. An den Winkeln der beinahe schwarzen Augen erschienen Lachfalten und nahmen ihm ein wenig von dem gefährlichen, wilden Aussehen. Die dunkle, gebräunte Haut überzog seine sehnigen Arme, die von der Arbeit an den richtigen Stellen kräftige Muskeln vorwiesen. Während Bontà ihn so ungezwungen musterte, bemerkte sie, dass auch sie von Miguel in Augenschein genommen wurde. Nun, da er ihr eben dieses seltene Lächeln schenkte, dachte Bontà mit Bedauern, weshalb sie bei diesem Mann nicht den gleichen Anreiz, den sie jedes Mal in der Gegenwart von Bruce verspürte, empfand. Miguel war ein Kerl, in den man sich leicht verlieben konnte, und der Brasilianer würde es problemlos vom Äußeren mit dem attraktiven Kalifornier aufnehmen. Doch Bruce, der Sunnyboy und Weiberheld mit den blauen Augen so klar wie ein Bergsee in den Schweizer Alpen, drängte sich stets in den Vordergrund ihrer Gedanken. Seine ständig strahlende Erscheinung erweckte in der Skeptikerin eine schwache Seite, die sie jedoch schnell in Abneigung umwandelte. Bontà vernahm allzu oft eine innere Stimme, die ihr leise warnende Worte zuflüsterte: „Lass dich ja nicht von seinem Äußeren blenden." Während dieser Momente fühlte sie sich rastlos und innerlich aufgewühlt. Sie durfte Bruce' Charme auf keinen Fall erliegen. Der Musiker hatte sowieso schon genug Trophäen, die in seinem Bettpfosten eingeritzt waren. In der Gesellschaft von Miguel fühlte sie sich hingegen gelöst und sicher. Der Brasilianer hatte meist ein paar freundliche Worte und ein kurzes Lächeln für sie übrig. Auf solch einen Mann konnte man sich jederzeit verlassen. Er würde ihr nie den Boden unter den Füßen wegziehen. Bei Bruce war sie sich jedoch nicht so sicher. Der Kalifornier konnte mit Gewissheit ihrer Seele irreparablen Schaden zufügen und genau das wollte sie vermeiden.

10

Hope und Bruce standen, dank ihren berühmten Eltern, im Mittelpunkt der Abendgesellschaft. Henry Coban, ein kleiner untersetzter Mann mit einem Doppelkinn, das er mit dem weißen gepflegten Bart zu verdecken versuchte, war in bester Laune. Die eingefärbte spärliche Haarpracht war mit Gel gleichmäßig über den Schädel frisiert. Seine zierliche Gattin wirkte hingegen wie eine künstliche Puppe. Die Falten geliftet und dick mit Makeup bekleistert, strahlte Olivia Coban mit ihrem dauerhaften Lächeln an der Seite ihres geschätzten Mannes den eigentlichen Charme aus. Die Dame des Hauses liebte solche Auftritte, denn ihr Leben hier in Brasilien war meist eintönig. Die amerikanische Lady vermisste ihre Freundinnen und das Flair von Kalifornien. Das ältere Paar lebte schon über zehn Jahre in Rio und wollte von seinen Landsleuten wissen, wie ihnen Südamerika gefalle.

Hope entgegnete mit ihrem aufgesetzten gesellschaftsfähigen Lächeln: „Das Land ist wunderschön und die Leute strahlen eine ungeheure Lebensfreude aus, die auf mich sehr ansteckend wirkt."

Auch Bruce gestand bewundernd: „Die Musik fasziniert und inspiriert mich. Ich gedenke in meinen nächsten Songs den Samba einfließen zu lassen."

„Schön, schön, meine Lieben", entgegnete der Botschafter erfreut, „wenn ihr irgendwelche Unterstützung braucht, werde ich gerne meine Beziehungen spielen lassen."

Henry Cobans tiefes rumpliges Lachen und die väterliche Art erinnerten Hope an einen Teddybären. Doch wenn man genauer hinsah, entdeckte man hinter den Gläsern seiner Brille einen wachsamen, intelligenten Blick, den man nicht unterschätzen durfte. Das Leben hier in Rio war für den amerikanischen Botschafter kein Zuckerschlecken. Jeder wusste von der Korruption und der Gewalt in dieser großen südamerikanischen Metropole.

Aber sein Angebot, das wirklich von Herzen zu kommen schien, wurde von Bruce mit einem zustimmenden Nicken zur Kenntnis genommen. Sofort ergriff er die angebotene Hilfe und führte den Botschafter diskret in eine entlegene Ecke. Dort bat der junge Mann Henry Coban um eine kurze private Unterredung, bevor noch weitere Gäste eintrafen und man das Abendessen einnahm. So gelangten Bruce und Hope in das großzügig angelegte Büro des Botschafters, um ihr Anliegen vorzutragen. Nachdem sie dem einflussreichen Mann die verfahrene Situation von Confianza Dias erklärt hatten und auch die Drohung des Kartellbosses Marcia Alves hinzugefügt hatten, zeigte sich der Botschafter äußerst empört.

„Natürlich kannte ich den verstorbenen Plantagenbesitzer. Heitor Dias hat einen guten Ruf in der Geschäftswelt genossen und uns bei den Empfängen stets mit den edelsten Obstsorten des Landes beliefert." Als ihm dann Hope eine schriftliche Kopie über die ausstehenden Beträge, die der Buchhalter Luis Cortes jahrelang hinterzogen hatte, zum Lesen reichte, verfinsterte sich seine Miene erheblich. Bruce fügte mit ruhiger, aber energischen Stimme an: „Vielleicht ist Ihnen ja entgangen, dass Cortes auch der Buchhalter von Marcia Alves, dem Drogenboss, ist." Henry Coban war ein kluger Mann und konnte zwei und zwei zusammenzählen. Was er hörte, gefiel ihm ganz und gar nicht. „Das gibt's ja nicht. Und diesen Widerling lasse ich an meine Buchhaltung?"

Als man noch das ACO in kurzen Worten aufgriff, schnappte sich der Botschafter das Telefon und rief einen Freund von der CIA an. Hope und Bruce warfen sich während des Anrufs kurze erfreuliche Blicke zu. Es war von Vorteil, gewisse einflussreiche Leute zu kennen.

Nachdem Henry Coban den Anruf beendet hatte, schnaubte er verhalten und bestätigte mit diplomatischer Zurückhaltung, was ihm soeben zu Ohren gekommen war: „Wir werden uns um die Sache kümmern. Wie lange bleiben Sie im Land?"

„Solange Confianza unsere Unterstützung braucht." Dies entgegnete Hope mit fester Stimme und Bruce nickte ernst im Einverständnis.

„Ich werde noch heute Abend mit Luis Cortes sprechen und ihm ein Ultimatum stellen. Darf ich den Beleg seiner intriganten Machenschaften behalten?"

„Selbstverständlich, Herr Botschafter", antwortete Bruce, legte seine Stirn in Falten und äußerte sich nun voller Sorge: „Leider hat unsere Freundin, Confianza Dias, ein größeres Problem mit Marcia Alves. Der Drogenboss hat ihr bis Ende dieses Monats ein Ultimatum gestellt. Entweder pflanzt sie seine Kokaplantagen an oder er werde die verschuldete Fazenda Verde für sich einnehmen."

Nun war dem Botschafter doch ein wenig mulmig zumute. Auf seiner Stirn bildeten sich Schweißtropfen. Er war lange genug hier, um zu wissen, wie gefährlich und einflussreich der Drogenboss war. Nach einem längeren Schweigen überreichte er ihnen seine private Handynummer und versicherte: „Ich werde mein Möglichstes tun. Wir bleiben in Kontakt."

Hope sprühte nach dem Gespräch vor Optimismus, so dass sie ungesehen in den Garten schlich, um den Freunden die gute Nachricht per Handy zu übermitteln. Beim Abendessen gab sich Henry Coban als charmanter Gastgeber. Die Diplomatenrolle war dem Mann einfach in die Wiege gelegt worden. Auch die Röte, die seine Verärgerung im Büro angezeigt hatte, war aus dem Gesicht gewichen. Der Mann unterhielt, zusammen mit seiner Gattin, die Gäste mit erfrischenden Anekdoten aus seinem Leben. Hope und Bruce vollführten ihren musikalischen Einsatz und erhielten dafür einen begeisterten Applaus. Zuletzt wurde die köstliche Nachspeise serviert und mit einem frisch gerösteten Espresso abgerundet. Die Männer rauchten auf der überdachten Veranda edle Havanna-Zigarren und tranken einen erstklassigen alten Pitù, der ein Vermögen wert war, während die Damen im Salon einen Tee tranken und über die neusten Errungenschaften ihrer bevorzugten Modedesigner plauderten. Nach einer Weile verschwand Henry Coban mit Luis Cortes in sein Büro und verweilte dort mit dem Buchhalter gut eine halbe Stunde. Nach dem ernsten Gespräch war dem brasilianischen Staatsbürger und Betrüger die Nervosität anzumerken. Auch die Angst, die ihm im Nacken saß, sah man in seinem Blick. Misstrauisch schweiften seine enganliegenden Augen über die Gästeschar. Als sich dann um Mitternacht die Gesellschaft auflöste, blieben nur noch Cortes, seine Begleiterin und die beiden Kalifornier zurück. Beim Abschied übergab der Buchhalter Bruce mit leicht zitternder Hand einen Scheck und auf seiner Stirn glitzerten Schweißperlen. Der ernste Blick von Henry Coban bestätigte, dass der Diplomat Luis unter großen Druck gesetzt hatte.

„Der Scheck ist gedeckt und von mir beglaubigt", verkündete der Botschafter stolz und fügte an: „Grüßen Sie Confianza Dias herzlich von mir und sagen Sie der Señorita, dass ich weiterhin gerne mit der Fazenda Verde zusammenarbeiten werde. Wir bedauern das Missverständnis zutiefst. Nicht wahr, Señor Cortes?" Der Brasilianer murmelte etwas in seiner Muttersprache und flüchtete mit der jungen Gattin am Arm zu seinem Wagen, wo ein Fahrer auf ihn wartete. Nach dem blitzschnellen Abgang bedankten sich Hope und Bruce beim Diplomatenpaar für den wunderschönen Abend und die großzügige Unterstützung. Olivia Coban rief den beiden zum

Abschied mit ihrer schrillen Stimme nach: „Auf ein baldiges Wiedersehen. Es war uns ein echtes Vergnügen."

Kaum in der Limousine jubelte Hope begeistert los und Bruce fächerte ihr mit dem Scheck lachend vor dem Gesicht herum. Sofort nahm sie das Handy und telefonierte mit den Freunden, die vor dem Haus des Buchhalters parkten. Man entschied, die Überwachung abzubrechen, sich in der Hotelbar zu treffen und mit Champagner auf diesen gelungenen Sieg anzustoßen.

Beim Eintreffen warteten die vier Freunde bereits in der Bar an einem Ecktisch. Der Champagner, in Eis gekühlt, stand bereit, um geöffnet zu werden. Die Stimmung war euphorisch und nachdem man mit dem prickelnden Getränk angestoßen hatte, plapperten alle durcheinander. Um halb zwei in der Nacht war die Bar ziemlich leer. Die letzten Hotelgäste hatten sich in ihre Zimmer zurückgezogen oder waren noch gar nicht zurück von der Partyszene. Der brasilianische dunkelhäutige Barkeeper lächelte zufrieden und genoss, während er die Gläser polierte, die Ausgelassenheit seiner Kundschaft. Als Miguel ihn bat, den Sänger Chico Buarque aufzulegen, wurde sein Lächeln noch breiter. Der langsame Samba wurde von der tiefen sonoren Stimme des berühmten brasilianischen Stars, dessen Texte vor allem gegen die Korruption des Landes gerichtet waren und von der Liebe handelten, verfeinert. Hope wurde von Miguel emporgezogen und auf die kleine leere Tanzfläche mitten im Raum geführt. Inzwischen hatte sich die junge Frau der hohen Schuhe mit den Bleistiftabsätzen entledigt. Hope war nun, als der Brasilianer sie eng an sich zog, beinahe einen halben Kopf kleiner. Sie musste ihr Gesicht leicht heben, um ihm in die dunklen kakaobraunen Augen sehen zu können. Endlich wirkte dieser Mann einmal entspannt und das unwiderstehliche Lächeln, das auf seinem Gesicht erschien, strahlte pure Zufriedenheit aus. Seine Bewegungen waren geschmeidig und zu den langsamen, beschwingten Tönen wiegten sich ihre Körper im Einklang mit der Musik. In wellenartigen Rhythmen liefen Hope wohlige Schauder den Rücken hinunter. Sie roch den herben Duft seines Rasierwassers, als er seine glatte Wange an ihre lehnte. Der heiße Atem streifte ihre Haut und seine leisen gemurmelten Koseworte, in seiner Muttersprache, lähmten ihr Denkvermögen. Mit geschlossenen Augen ließ sich Hope verzaubern und erst als die Musik zu Ende war, löste sie sich sanft aus seiner Umarmung. Ihre Blicke trafen sich. Hopes Erkenntnis drang laut in kurzen präzisen Worten aus ihrem Mund: „Miguel, du tanzt wie ein Gott." Erstaunt von ihrer spontanen Offenheit befeuchtete sie sich mit der Zunge nervös die trockenen Lippen. Seine Augen wurden so dunkel, dass sie beinahe schwarz wirkten. Als das nächste Stück erklang, zog Miguel Hope erneut in seine Arme und flüsterte ihr leise ins Ohr: „Was gibt es Schöneres für einen Gott, als eine solch wunderschöne Göttin im Arm zu halten."

Dies entlockte Hope ein leises rauchiges Lachen. Wann hatte ihr Herz das letzte Mal so laut und heftig geklopft? Bei Bobby McLean, doch dieser hatte ihr allemal den Glauben und das Vertrauen an die Liebe genommen. Es war schon traurig genug gewesen, dass ihr Brian und Mallory als Eltern nicht genug davon geben konnten. Miguel spürte, wie Hope sich plötzlich versteifte und strich ihr beruhigend mit der Hand über den Rücken. Unter dem dünnen Seidenstoff ihres Abendkleides konnte er die warme Haut spüren. Er führte seinen Zeigefinger mit sanftem Druck von ihrem Halswirbel hinunter über die Wirbelsäule bis zum Steißbein, was eine intensiv beruhigende Wirkung auf Hopes Nervensystem zufolge hatte. Bis jetzt war ihm diese Frau nur in den Träumen so erregend nahe gewesen. Doch der Brasilianer zügelte seine temperamentvolle Leidenschaft und wiegte sie weiter im langsamen Rhythmus der Musik, bis sich seine Tanzpartnerin langsam wieder entspannte. Hope meinte die Wirkung des Champagners zu spüren. Ein halbes Glas davon hatte sie zum Anstoßen getrunken. Beim Abendessen hatte sie nur förmlich am Wein genippt, denn sie wusste, welche Auswirkungen der Alkohol bei ihr hervorrief. Doch nun, da sie sich in den Armen dieses einzigartigen Mannes wiegte, ließ sie sich von dem Rausch ihrer Gefühle überwältigen. Sie schmiegte sich wohlig an die muskulöse Männerbrust, dabei vergaß sie ihre angeborene Vorsicht. Die Angst vor einer weiteren seelischen Verletzung war in den Hintergrund gerückt. Als sie ihm erwartungsvoll ihren Mund zu einem Kuss entgegenhob, streifte Miguel ihre vollen Lippen nur leicht mit den seinen. Weitere federleichte Küsse verteilte er auf ihrem Gesicht, wobei es ihm eine ungeheure Körperbeherrschung abverlangte. Am liebsten wäre er mit Hope auf sein Zimmer gegangen und hätte dem hungrigen Verlangen nach dieser aufreizenden Frau endlich nachgegeben. Doch Miguel spürte, dass heute nicht der richtige Zeitpunkt dafür war. Entspannt und voller Hingabe lehnte Hope sich an den harten Körper, der sie wie ein Kokon umhüllte und ihr eine Sicherheit vermittelte, nach der sie sich so lange gesehnt hatte. Verschmolzen mit dem Rhythmus der Musik schwebten sie über die Tanzfläche. Miguels Blick streifte kurz seine Cousine, die eng umschlungen mit Antonio tanzte. Das gegenseitige Interesse zwischen den beiden war auch ihm nicht entgangen. Der ernste Schweizer und die schüchterne Confianza verströmten zusammen eine harmonische Einheit. Antonio war der erste Mann im Leben seiner Cousine, auf den sie von sich aus zugegangen war. Miguel vertraute dem Mann mit ganzem Herzen. Bislang hatte dieser nur positive Seiten an den Tag gelegt. Der Brasilianer fand, dass Antonio einen guten Ehemann für Confianza abgeben würde.

Während zwei Paare die Intimität beim Tanzen genossen, wehrte sich Bontà mit eiserner Ablehnung gegen die hartnäckige Aufforderung des Kaliforniers, ihm einen Tanz zu schenken. Seine ausgestreckte Hand ignorierte sie genauso wie sein charmantes Lächeln: „Ich tanze nie", erwiderte sie kühl und mit ihrer steifen, angespannten Haltung löste sie in Bruce ein noch breiteres Lächeln aus, das ihn dazu bewog, ein bisschen nachzuhaken. „Es gibt immer ein erstes Mal."

Wenn sie nur schon daran dachte, so eng an ihn gedrückt zu sein, bekam sie kaum noch Luft. Ihr wurde unerträglich heiß, auch wenn in der Bar die Klimaanlage auf Hochtouren lief.

„Lass uns doch ein wenig feiern und den Abend genießen", fügte Bruce mit schmeichelnder Stimme an, dabei musterte er Bontà aus seinen dunkelblauen Augen. Ihm war nicht entgangen, dass sich ihre Haut leicht gerötet hatte. Doch diese Frau verzog keine einzige Miene in ihrem Gesicht. Die graugrünen Augen fassten ihn kurz ins Visier und das leichte Flackern war das einzige Anzeichen einer Gemütserregung. Bruce war wirklich ein Frauenkenner, doch ein solches Poker-Face hatte er beim weiblichen Geschlecht noch nie gesehen. Bontà blieb hart wie Stahl trotz seiner charmanten Flirtversuche. Bruce konnte einfach nicht durch diese Verschlossenheit dringen. Bontà hielt ihre Gefühle gut im inneren Kern versteckt und würde auch niemandem erlauben, in ihre Seele zu blicken. Es war überhaupt noch nie vorgekommen, dass eine Frau nicht auf den hübschen Musiker angesprochen hatte. Sein ganzes Leben hatte Bruce nie für eine Frau werben müssen. Fasziniert musste er sich eingestehen, dass es ihn enorm reizte, diese stählerne Rüstung zu durchbrechen und den Kern zum Schmelzen zu bringen. Das aufblitzende Amüsement, das plötzlich auf seinem Gesicht erschien, irritierte Bontà. Doch sofort verfiel sie erneut in ihre gewohnte Abwehrhaltung. Ärger brodelte auf und der finstere

Blick, mit dem sie Bruce bedachte, war eindeutig, während ihre Worte ihm missverständlich ihren Standpunkt klarmachten: „Ich bin nicht in Partystimmung. Das heute war nur der erste Schritt. Wir müssen uns noch mit Marcia Alves herumschlagen und das macht mir echt Sorgen. Wie sollen wir die ganze Geldsumme, die Confianza ihm schuldet, noch rechtzeitig herbeischaffen?" Wütend auf sich und die Umstände, war ihr nur allzu klar, dass sie in ihrem Leben ständig Probleme anderer Leute versuchte zu lösen und dabei ihre eigenen verdrängte. Aufgewachsen in einfachen Verhältnissen, musste Bontà sich alles im Leben bis ins kleinste Detail erkämpfen. Durch das Putzen im Internat hatte sie ihr Geld hart erarbeitet und es sparsam angelegt. Das schweißtreibende Lernen nebenbei, um ein höheres Ziel anzustreben, hatte ihr Leben geprägt. Sie hatte nie im Reichtum geschwelgt und die alten Kleider getragen, bis sie abgewetzt und unbrauchbar geworden waren. Ihr Kleiderschrank war dürftig und auch heute noch drehte sie jeden Rappen um, bevor sie sich etwas Neues anschaffte. Sie hatte gelernt, ihre Wünsche bescheiden zurückzustellen und war nicht gewillt, sich von einem amerikanischen reichen Snob auf Abwege führen zu lassen. Wer am Ende mit einem gebrochenen Herzen zurückblieb, war ganz allein sie selbst. So sah sie die Situation und damit basta.

„Ich bin müde und gehe schlafen." Abrupt stand sie auf und war schon in der Lobby angelangt, als Bruce sie mit großen Schritten einholte. Er hielt sie sanft am Arm zurück und nun war das Lächeln aus seinem Gesicht gewichen. Die tiefe Falte zwischen seinen Augenbrauen deutete an, dass er entweder beleidigt oder wütend war. Seine Stimme klang tiefer als sonst und sein gedehnter Akzent betonte jedes einzelne Wort klar und deutlich. „Ich wollte dich nur etwas aufheitern. Du bist eine sehr kluge Frau. Was wir gerade erreicht haben, ist vor allem dein Verdienst. Durch deine Cleverness hast du Luis Cortes Machenschaften aufgedeckt. Was Marcia Alves angeht, muss ich dir recht geben. Auch ich habe mir darüber Gedanken gemacht. Wärst du jetzt bereit meinen Plan anzuhören?"

Bontà war erleichtert, dass das Gespräch eine andere Wendung nahm, und zeigte deutliches Interesse. Sie war gespannt, was im Kopf dieses Musikers vor sich ging. Über geschäftliche Dinge zu sprechen, war ein sicheres Terrain. Bruce zog sie in eine Nische der zu dieser Zeit leeren Lobby, wo sie sich in bequeme Stoffsessel einander gegenüber niederließen. „Diesen Vorschlag habe ich schon vor deiner Ankunft Confianza unterbreitet. Ich dachte, vielleicht könnten ich und Hope Geld in die Fazenda Verde stecken und damit Mitinhaber mit Aktienanteilen werden. Somit könnten wir gemeinsam Alves gegenübertreten und ihm den geschuldeten Betrag zurückzahlen. Wärst du bereit, einen entsprechenden Vertrag vorzubereiten? Wir können ihn dann Confianza und Miguel unterbreiten."

Bontà hatte Bruce schweigend zugehört und musste zugeben, dass der Mann sie wirklich erstaunte. Sie fand seinen Vorschlag äußerst bemerkenswert. Mit ihren graugrünen Augen musterte sie den Kalifornier und sie schenkte ihm zum ersten Mal ein Lächeln. Bruce drückte ihre schlanken, langgliedrigen Hände, die sie gefaltet in den Schoß gelegt hatte, und in seinen Augen sah sie Freude aufflackern. Hatte sie sich in dem Musiker etwa getäuscht? Seine kämpferische Haltung, mit der er sich für Menschen einsetzte, die ihm durch seine Schwester zu Freunden geworden waren, beeindruckte Bontà. „Ich werde, sobald wir zurück sind, etwas Schriftliches aufsetzen." Nach diesen Worten stand sie langsam auf und Bruce folgte ihr zum Lift, wo die beiden schweigend in die obere Etage fuhren. Dann trennten sich ihre Wege. Mit einem eigenartigen beinahe verträumten Lächeln auf dem Gesicht verabschiedete sich Bruce und küsste dabei Bontà die Innenfläche der Hand. „Nochmals vielen Dank und schlaf gut." Mit diesen Worten eilte er davon. Zurück blieb eine verdutzte junge Frau. Noch nie hatte ein Mann ihr die Hand geküsst. Sie fühlte noch das Kribbeln und die Wärme seiner weichen Lippen auf der Haut. Ja, sie würde sicher gut schlafen, da hatte sie keine Bedenken.

Bontà teilte mit ihrem Bruder ein Zimmer und dazu gehörte auch das kleine angrenzende Bad. Als sie die Zähne putzte, kam auch Antonio herein und stellte sich auf die Schwelle der halbgeöffneten Tür. „Bin gleich fertig. Dann kannst du rein", nuschelte seine Schwester mit einem Mund voller Schaum. Die beiden Geschwister, aufgewachsen in einer kleinen Vierzimmerwohnung mit nur einem Badezimmer, wussten, wie man den viel genutzten Raum zweckmäßig einteilte. Der Luxus, zwei Nächte in einem schicken Hotel zu verbringen, war etwas Besonderes für ihren bescheidenen Standard. Bontà lächelte, als sie ihren Bruder sah, der mit geröteten Wangen und glänzenden Augen vor ihr am Türrahmen lehnte. Seine Arme hatte er vor der Brust verschränkt und auf seinem Gesicht lag ein verträumtes Lächeln. Sie hielt kurz inne, strich Antonio sanft über die Wange, zog ihre Augenbrauen dabei leicht in die Höhe und stellte mit einem Schmunzeln fest: „Mein Lieber, dich hat es aber richtig erwischt."
Ein glucksendes Lachen, was man nur selten von ihr hörte, entrang sich ihrer Kehle. Noch bevor ihr Bruder etwas erwidern konnte, wurde Bontà wieder ernst und fügte an: „Confianza ist eine der nettesten Menschen, denen ich je begegnet bin. Es wird Zeit, dass du wieder aus deinem Schneckenhaus kriechst. Ich gehe schlafen und wenn du mal jemanden zum Reden brauchst, bin ich jederzeit für dich da."

Sie drückte ihm einen Kuss auf die Wange und ließ ihn stehen. Ja, ihn hatte es erwischt, musste Antonio sich freudig eingestehen. Beim Abschied hatte die schüchterne Confianza ihn leidenschaftlich geküsst, so dass ihm der Atem stockte und sich seine Beine wie Wackelpudding anfühlten. Vielleicht hatte sie nach dem intensiven Kuss ja auch so weiche Knie bekommen, dachte er. Das Lächeln, das sie ihm schenkte, und der verheißungsvolle Blick aus ihren dunklen Augen, bevor sie ins Zimmer verschwand, das sie mit ihrem Cousin teilte, konnte er auf keinen Fall falsch gedeutet haben. Die zierliche, zurückhaltende Brasilianerin stand auf ihn. Aber da er eine solche Reaktion nie erwartet hatte, war er zu erstaunt gewesen, um sich zu äußern. Antonio nahm sich vor, das nächste Mal als Erster die Initiative für einen Kuss zu ergreifen. Als der Barkeeper endlich Schluss machen wollte, beendeten auch Miguel und Hope ihren Abend. Seinen Arm um ihre schmale Hüfte gelegt, marschierten die beiden zum Lift. Die Lobby war nur noch spärlich beleuchtet und auch im Aufzug war das Licht dezent gedimmt. Hope schmiegte sich mit halbgeschlossenen Augen an Miguel und der Geschmack seines herben männlichen Duftes stieg ihr verlockend in die Nase. Entschlossen, mit allen ihren Tricks den heißblütigen Brasilianer in ihr Bett zu locken, hob sie den Kopf. Sie schenkte ihm einen schläfrigen Blick aus ihren grünen Augen, welche von dunklen, langen Wimpern beschattet wurden. Die Wirkung auf Miguel war betörend. Seine Iris wurden so dunkel wie die Nacht ohne Mondschein und sein Blick glitt zu ihren vollen halbgeöffneten Lippen. Diese Frau zog ihn an wie ein Magnet und berauschte seine Sinne. Von erotischen Küssen heimgesucht tanzten ihre Zungen wie lodernde Flammen. Ihre Körper erhitzte eine Feuersglut, die man mit einem Flächenbrand vergleichen konnte. Der sanfte Klingelton des Aufzugs, der ihre Ankunft am Ziel zu erkennen gab, beendete den Liebestaumel, in dem sie gefangen waren. Sanft zog Miguel die Frau mit sich aus dem Lift in den Korridor. Er wusste, dass er Hope nicht mehr küssen durfte. Sonst würde seine Selbstbeherrschung wie ein Kartenhaus in sich zusammenfallen. Das Blut rauschte durch seinen Körper und der Puls hämmerte wie nach einem Marathon. Sein Kopf war von einem Summen erfüllt und sein Gehirn fühlte sich an, als wäre es in Watte verpackt. Der Atem, schnell und flach, musste sich zuerst wieder normalisieren. Erst dann wagte er zu sprechen: „Hope!" Die vier kurzen Buchstaben drangen als tiefes Brummen über seine Lippen. „Mmm?", fragte sie benommen und der Nebelschleier, der sich über ihre Augen gesenkt hatte, lichtete sich langsam. Hope kämpfte sich mühsam in die Wirklichkeit zurück. Sie war sich plötzlich bewusst geworden, dass sie, ohne darüber nachzudenken, sich hier und jetzt Miguel hingegeben hätte. Doch durch den qualvollen Ausdruck auf seinem Gesicht stockte ihr für einen Moment der Atem. Was ging dem Mann nur durch den Kopf? Miguel rang mit seinem Gewissen. Wollte er denn ein Techtelmechtel mit der Frau, die ihm das Herz gestohlen hatte? Er suchte verzweifelt nach den richtigen Worten, da Englisch nicht seine Muttersprache war. Miguels Ausdrucksweise ließ deshalb etwas zu wünschen übrig: „Erst wenn du dir ganz sicher bist, mit mir eine feste Beziehung einzugehen, werden wir weitere Schritte planen." Hope versuchte den Sinn seiner Worte zu verstehen und antwortete enttäuscht: „Aber ich bin mir doch ganz sicher. Ich möchte mit dir schlafen." Miguel seufzte und antwortete: „Minha querida, ich werde dich nur körperlich lieben, wenn du danach für immer mein bist. Wir gehören zusammen und du weißt das auch." Sanft küsste er sie auf die Stirn und nahm die Schlüsselkarte aus ihrer Handtasche. Dann schob er die verdutzte Hope in die Suite und schloss die Türe hinter sich.

Was das Unterfangen ihn gekostet hatte, wusste Miguel erst, als er schwer atmend unter der kalten Dusche stand und seine Erregung langsam abflaute. Hopes Beine gaben nach und sie konnte sich gerade noch in den Sessel neben der Zimmertür sinken lassen. Was war hier gerade passiert? Nach einer langen Auszeit hatte sie sich endlich wieder einem Mann hingeben wollen und der stieß sie sanft, aber bestimmt zurück. Die Tränen, die sich gebildet hatten, quollen über und rannen ihr stumm über die geröteten Wangen. Es war nicht die Beschämung, dass Miguel ihr Angebot nicht angenommen hatte, die Hope erschütterte. Der tiefe Schmerz, ungeliebt zu sein und fortgestoßen zu werden, stach ihr erneut ins Herz. Traurigkeit und Einsamkeit krochen wie eisige Kälte durch ihren Körper und ließen sie erschaudern. Als Bruce, nur in silbernen Boxershorts bekleidet, aus der Türe trat und seine Schwester so sah, nahm er sie auf seine Arme und trug die entkräftete frustrierte Frau in ihr Zimmer. Dort legte er seine Halbschwester sachte aufs Bett. Sofort zog Hope die Beine an und nahm eine seitliche Embryostellung ein. Das Gesicht im Kopfkissen versteckt weinte sie leise vor sich hin. Bruce deckte sie zu und strich ihr sanft über die Haare. Zu oft hatte er seine Schwester so traurig vorgefunden. Auch wusste er, dass es das Beste war, im Moment keine Fragen zu stellen. Wenn es an der Zeit war, würde sie schon mit ihm darüber sprechen. Bruce blieb bei ihr, bis sie vom Weinen erschöpft eingeschlafen war. Nur zu gut kannte er diese Leere, die auch ihn von Zeit zu Zeit übermannte. Was waren Geld, Schönheit und Erfolg, wenn man nach wahrer Liebe und Zuneigung lechzte? Nichts konnte dieses Gefühl ersetzen. Die Geschwister hatten sich immer gegenseitig unterstützt und gestärkt. Einander Zuneigung gegeben, wozu sie in der Lage waren. Bis dahin hatte das genügt, um ihr Überleben in dieser Welt sicherzustellen. Doch die Hoffnung, eines Tages jemanden zu finden, der die große Lücke füllen würde, war bei ihm bisher noch nicht erloschen. Bruce wusste, dass die Traurigkeit von Hope tief verdrängt in ihrer Seele steckte, und wünschte sich so sehr, dass jemand eines Tages sie aus dieser Dunkelheit befreite. Ein Teil von ihm hatte gehofft, dass seine Schwester dies in dem robusten, bodenständigen Brasilianer finden würde. Andererseits spürte er die beängstigende Ungewissheit, ob nicht Miguel derjenige sein würde, der fähig war, Hope völlig zu zerstören. Ein Gespräch zwischen Männern wäre in dieser Situation sicher hilfreich, dachte er bei sich und legte sich betrübt schlafen. Auch ihn berührten neu erweckte Gefühle, die er zu analysieren gedachte. Graugrüne kluge Augen, gewellte dunkle Haare mit Ponyfransen und ein zurückhaltendes Lächeln auf dem strengen ausgeprägten Gesicht begleiteten ihn in das Reich der Träume.

Das erste Ausflugsziel am nächsten Tag war die Christusstatue auf dem Berg Corcovado im Süden von Rio. Die dreißig Meter hohe Statue im Art déco Stil stammte aus dem Jahre 1931 und konnte nur mit einer Seilbahn erreicht werden. Im rund acht Meter hohen Sockel befand sich eine Kapelle. Der imposante Ausblick auf Rio de Janeiro und den Zuckerhut war atemberaubend. Christo Redentor (Christus der Erlöser) wurde 2007 zu einem der neuen sieben Weltwunder erkoren. Die Spannweite der ausgebreiteten Arme betrug 28 Meter. Das Baumaterial war Stahlbeton, der überzogen mit einem Mosaik aus Speckstein brillierte. Das Gesamtgewicht betrug 1145 Tonnen. Miguel, der die Führung übernahm, erklärte den Freunden auf eine unterhaltsame Weise einige wichtige Details. Seine Aufmerksamkeit galt wiederum auch seinen Landsleuten, denjenigen, die gewieft versuchten, den Touristen das Geld aus den Taschen zu ziehen. Ein strenger Blick genügte meist, um die Diebe auf Abstand zu halten.

Wenn das nichts nützte, setzte er ein paar harsche Worte in seiner Muttersprache ein. Spätestens dann verschwanden die Kriminellen aus seinem Blickfeld.

Beim Abendessen im Hotel gesellte sich auch George Murray zu ihnen. Der private Ermittler war soeben mit dem Flugzeug aus Los Angeles angereist. Die elegante Erscheinung des älteren Herrn, mit leicht ergrauten Schläfen, einem gepflegten dunklen Schnauzbart und sehr wachsamen graubraunen Augen, brachte die Freunde wieder zu ihren eigentlichen Problemen zurück. George war ein Mann mit einem trockenen Humor und einer Art, den Pessimismus in Optimismus umzuwandeln.

„Die CIA", so verkündete er, „hat Marcia Alves schon lange im Visier. Unter den gegebenen Umständen bot man seinem Buchhalter an, wenn er vor Gericht gegen den Kartellboss eine Aussage mache, ihm dafür Asyl in den Vereinigten Staaten zu gewähren. Morgen schon wird Luis Cortes mit seiner Frau außer Landes geflogen. Der ACO, der Adoption Child Organisation, in der auch Marcia Alves hier in Rio seine Finger drin hat, ist man schon seit Längerem weltweit auf der Spur." Der private Ermittler wollte noch einige Tage in Rio verbringen, um weitere Einzelheiten über die illegalen Geschäfte des Drogenbosses in Erfahrung zu bringen. Danach käme er Confianzas Einladung, einige Tage auf der Fazenda Verde zu verbringen, gerne nach.

Früh am Sonntagmorgen, bevor sie sich auf den Heimweg begaben, besuchten sie noch die Escadaria Selaròn, eine der beliebtesten Touristenattraktionen von Rio de Janeiro. Über zweitausend bunte Kacheln sind in eine steile Treppe verarbeitet. Die Idee stammte von dem chilenischen Künstler Jorge Selaròn, der ursprünglich Maler und Bildhauer war.

Diese Fliesentreppe verbindet das Stadtviertel Lapa mit Santa Teresa. Da es zu den frühen Stunden nur wenige Besucher nach Lapa gezogen hatte, konnten die Freunde auch hier einige schöne Erinnerungsfotos mit ihren Handys schießen und einen weiteren sorgenfreien Tag genießen.

Froh, das turbulente Treiben von Rio de Janeiro zurückgelassen zu haben, genossen sie ein spätes Abendessen auf der Fazenda Verde in der Stille der Natur. Die Luft hier war um einiges besser als in der überfüllten Touristenmetropole, musste sich Bruce eingestehen. Hope, die ihm zustimmte, war in den letzten Tagen ziemlich ruhig. Sie vermied es, mit Miguel allein zu sein, und war sich unschlüssig, wie sie dem Brasilianer entgegentreten sollte. Der wiederum gab sich umgänglich, was man von seiner Wesensart her nicht immer behaupten konnte. Miguel hatte sich als redegewandter Touristenführer entpuppt. Nur zu oft brachte er mit seinen englischen Ausdrücken alle zum Lachen. Das interessante Wochenende war abwechslungsreich gewesen und den kurzen Ausflug würden die Freunde in Erinnerung behalten. Morgen würden alle wieder ihren Arbeiten nachgehen. Auf der Fazenda gab es beständig etwas zu erledigen. Bontà verkroch sich noch am Abend der Rückkehr ins Büro, um den geplanten Vertrag für eine Geschäftsverbindung mit Bruce und Hope aufzusetzen. Der Rest der Leute entschloss sich, früh schlafen zu gehen.

Antonio erbot sich am nächsten Tag, anfällige Renovierungen, die an dem alten Haus ausgeführt werden mussten, in Angriff zu nehmen, während Confianza bei den Kochvorbereitungen fleißig mithalf. Auch Bruce war zum Erstaunen der Belegschaft eine große Hilfe in der Cantina. „Dem jungen Mann ist die Leidenschaft zum Kochen in die Wiege gelegt worden", meinte Luciana, die Tante von Confianza, entzückt. Hope wurde, da sie nur gedankenverloren im Weg herumlümmelte, zur neuen Kühlhalle geschickt. Dort würde ihr Miguel weitere Anweisungen geben. So machte sich die rothaarige Kalifornierin, nicht gerade erfreut darüber, mit einem alten verbeulten Pick-up, auf den Weg dorthin. Ihre üble Stimmung hatte gerade den Tiefpunkt erreicht. Hope wollte ja gerade eine Zusammenarbeit mit Miguel vermeiden. Dort angekommen, parkte sie ihren Wagen vor dem Gebäude und schlenderte missmutig zum Eingang. Im Inneren empfing Hope ein lautes emsiges Treiben. Männer und Frauen erledigten die Rüstarbeit, sangen mit dem Radio oder plauderten lauthals. Die brasilianischen Angestellten bereiteten in verschiedenen Hallen die Bestellungen für die Kunden zur Auslieferung vor.

Miguel saß im Büro am Computer, druckte die Papiere aus und verbuchte ordnungsgemäß jede Rechnung. Die gedruckten Lieferscheine wurden fachgemäß an die bestellte Menge geheftet, zusätzlich mit der Lieferadresse. Als er Hope durch die getönte Glastrennwand erblickte, stand er sofort auf, gab seinem Stellvertreter noch schnell weitere Anweisungen, bevor er zu ihr in die Halle eilte. Seine Cousine hatte ihn bereits informiert, dass er Hilfe bekommen würde. Wortlos nahm er Hope am Arm und führte sie nach draußen, wo es nicht so turbulent zuging. „Wir müssen heute noch ein paar Kleinbauern aufsuchen. Uns fehlen noch Mangos, Maneao und Bananen für den morgigen Tag. Wir werden einige Stunden unterwegs sein. Bist du bereit?" Hope grummelte etwas in sich hinein und nickte, während sie den kleinen Lieferwagen bestiegen. Schließlich war sie ja hier, um ihre Freundin und die Fazenda Verde zu unterstützen.

Während der Fahrt klangen aus dem Radio die typischen Rhythmen des Sambas in allen Variationen und Hope war froh, dass der Fahrer kein Gespräch mit ihr suchte. Ihre Finger klopften ruhelos den Takt auf die ausgefransten Bermudajeans. An den Füßen trug sie bequeme blaue Sneaker, die genau das Gleiche taten. Ab und an wandte Miguel ihr schweigend einen kurzen Blick zu, bevor er wieder konzentriert auf die holprige Straße blickte. Hope ignorierte ihn absichtlich und schaute aus dem Fenster. Dieses Mal hatte sie nichts an seiner Fahrweise auszusetzen.

Gegen Mittag erreichten sie den ersten Plantagenbauer. Pedro, ein junger Mann, der erst kürzlich den Betrieb von seinem Onkel übernommen hatte, begrüßte sie freundlich. Aus dem Haus trat seine Frau mit einem Säugling auf dem Arm und strahlte den Ankömmlingen lächelnd entgegen. Während sie auf den Plantagen die Früchte frisch ernteten, würde Maria ein Mittagessen kochen, erklärte der Plantador stolz und gab so seine Gastfreundlichkeit zum Ausdruck. Die Geste sollte seine Loyalität zu der Familie Dias ausdrücken. Mit einem dreirädrigen kleinen Fahrzeug fuhren die beiden gemeinsam mit Pedro auf die Bananenplantage. Im Handumdrehen waren die Klappkisten, die sie mitgebracht hatten, mit reifen Früchten gefüllt. Die kurze Strecke zum Haus zurück gingen Miguel und Hope zu Fuß. Das kleine Fahrzeug war zu überladen und holperte im Schritttempo voraus. Allzu oft kippte die Last gefährlich auf eine Seite und Hope hielt erschrocken den Atem an. Sie hoffte, die Bananen nicht am Wegrand auflesen zu müssen. Doch Pedro, strahlend und voller Optimismus, brachte die Fracht heil zum Ziel, wo Miguel mit ihm die Ernte in den Kühlwagen lud. Hope wurde von Maria in die Küche gebeten und wiegte, während die junge Brasilianerin den Tisch deckte, den kleinen José in den Armen. Ihr wurde dabei etwas eigenartig zumute. Hope musste daran denken, wie ihr Leben verlaufen wäre, wenn sie mit fünfzehn Jahren, selbst noch ein Kind, Mutter geworden wäre. Wahrscheinlich hätte sie kläglich versagt. In Gedanken versunken genoss sie die gurgelnden schmatzenden Laute, während sich die kleinen Händchen an ihrem Zeigefinger festklammerten. In Brasilien war es üblich, dass junge Mädchen in diesem Alter verheiratet wurden und Kinder bekamen. Ein verträumtes Lächeln überzog Hopes Gesicht und der Anblick des Säuglings wärmte ihr Herz.

Plötzlich war draußen vor dem Haus ein schrecklicher Lärm zu hören. Schreie und Rufe der Männer, die gerade dabei waren, das Finanzielle zu regeln, wurden von einer weinenden schrillen Kinderstimme übertönt. Pedro brachte den völlig aufgebrachten elfjährigen Jungen des Nachbarn ins Haus. Seine schmutzige, zerrissene Kleidung klebte ihm, wie auch das schwarze gekrauste Haar, schweißnass am Körper. Tränen rannen ihm die Wangen hinunter und unter dem keuchenden Atem, der von dem anstrengenden Laufen herrührte, entrangen ihm herzergreifende Schluchzer. Sein schnelles Sprechen auf Portugiesisch war für Hope schwer verständlich. So wiegte sie beruhigend das Kind in den Armen und wartete, bis sich die angespannte Situation etwas gelöst hatte. Der Junge sprach über böse Männer, die gekommen seien und sich mit seinem Vater gestritten hätten. Den Rest war in einem wirren, wütenden Stimmengewirr der Erwachsenen untergegangen. Maria brachte dem schlaksigen Juan-José etwas zu trinken und strich dem aufgeregten Jungen beruhigend über den Kopf. Miguel nahm sein Smartphone aus der Tasche und telefonierte vor dem Haus mit der Polizei. Dann setzte er sich schwerfällig auf einen leeren Stuhl und strich sich aufgebracht über sein wildgelocktes Haar.

Nach ein paar tiefen Atemzügen hatte er sich so weit gefangen, dass er Hope mit belegter Stimme erzählen konnte, was soeben passiert war: „Die Familie Silvas lebt eine halbe Stunde von hier entfernt und wären unsere nächste Anlaufstelle gewesen. Alves' Männer haben soeben dem Plantador einen unerwarteten Besuch abgestattet und ihn bedroht. Juan Silva, ein Mann mit Rückgrat, gab ihnen eine wütende Erwiderung und weigerte sich auf seinem Land Kokapflanzen zu bewirtschaften. Er werde weiter mit den Dias zusammenarbeiten, so wie es schon sein Vater und sein Großvater getan haben. Daraufhin haben die Kerle den Mann einfach kaltblütig vor seiner Ehefrau und dem Jungen erschossen. Danach haben sie sich den drei Monate alten Säugling geschnappt und sind geflohen. Juan-José, der Älteste der vier Geschwister, war hinter dem Haus auf dem Klo und hatte hilflos zusehen müssen. Seine beiden Schwestern waren zu diesem Zeitpunkt bereits auf den Feldern der Plantage, um die Früchte zu ernten. Der Junge hatte seiner Mutter versprechen müssen, sofort zu den Nachbarn zu rennen, um Hilfe zu holen. Wir werden jetzt zu den Silvas rüberfahren und dort nach dem Rechten sehen, bis die Polizei eintrifft. Pedro und ich bringen die Mutter und die Töchter zu Maria, wo sie eine Weile bleiben können. Vielleicht kannst du unter den gegebenen Umständen deine Unterstützung anbieten."

Hope war ausgesprochen empört über das, was sie soeben erfahren hatte, und musste extrem um ihre Fassung ringen, während sie der Mutter das quengelnde Kleinkind übergab, das nun zu weinen begonnen hatte.

Als die Männer gegangen waren, setzte man sich an den Tisch. Maria erklärte tief bewegt, wie sie geholfen hatte, den Jüngsten der Familie Silva, Liam, zur Welt zu bringen. Einen Augenblick zeigte sich ein Funke Stolz auf ihrem Gesicht, doch schon war wieder der traurige Ausdruck in ihren braunen Augen zu erkennen. Hier auf dem Land war man auf die

Nachbarn angewiesen und die Frauen halfen sich gegenseitig bei der Entbindung. Es war kaum eine halbe Stunde vergangen, als die Männer mit dem alten Pick-up zurückkamen. Pedro trug eine verzweifelte Frau, die herzzerreißende, beinahe animalische Laute von sich gab, ins Haus. Miguel folgte, begleitet von zwei verängstigten, verweinten Mädchen, die beim Eintreten sogleich Schutz bei ihrem Bruder am Tisch suchten. Maria führte ihren Mann mit der aufgebrachten Frau ins Schlafgemach, dabei redete sie mit leiser Stimme auf ihre Nachbarin ein. Pedro schloss geräuschlos die Türe hinter den beiden und legte sein nun schlafendes Kind, das Maria ihm in die Arme gedrückt hatte, im Wohnzimmer in eine Wiege. Dann eilten die Männer wortlos und mit finsteren Mienen aus dem Haus. Der Motor des alten Pick-ups kam stotternd zum Leben und hinterließ eine schwarze Rauchwolke, als er rasant wegfuhr. Hope versuchte das Beste aus der schrecklichen Situation zu machen und musterte die beiden eingeschüchterten Mädchen sorgenvoll. Sie versuchte, mit den wenigen portugiesischen Worten, die sie beherrschte, die zwei Geschwister dazu zu bringen, sich an den Tisch zu setzen. Sie gab ihnen zu trinken und fragte freundlich nach ihren Namen, nachdem sie sich selber ihnen vorgestellt hatte: „Ich bin eine Freundin von Miguel und Confianza Dias", erklärte sie und wurde von der achtjährigen Nina und der sechsjährigen Manuella aus großen dunklen Augen gemustert. Sie füllte kleine Schalen mit Gemüseeintopf, den Maria zubereitet hatte und forderte die Mädchen auf zu essen. Gehorsam nahmen sie die Löffel, schauten jedoch zuerst fragend zu ihrem großen Bruder, der ihnen aufmunternd zunickte. Als das Wehklagen aus dem Schlafzimmer endlich verstummt war und nur noch ein leises Gemurmel zu hören war, hatte Hope bereits das schmutzige Geschirr gewaschen und getrocknet. Sie setzte sich zu den

Kindern an den Tisch. Die Mädchen hatten sofort Gefallen an ihrem Haar gefunden. Neugierig, wie sich die rote Pracht wohl anfühlte, ergriff Manuella, die jüngere der Schwestern, vorsichtig eine rote Locke, die sich aus Hopes Haarband gelöst hatte. Die ältere, Nina, wagte es daraufhin auch und machte es ihr gleich. Hope zauberte ein freundliches Lächeln auf ihr Gesicht und die Grübchen an ihren Mundwinkeln betonten ihre herzförmigen Lippen. Die Bewunderung für ihr blondrotes Haar, ihre weiße Haut und die smaragdgrünen Augen war den Geschwistern anzusehen. In dieser Gegend sah man nur selten Touristen. Die Ehrfurcht, mit der die Mädchen sie berührten, und das zaghafte, scheue Lächeln, das sich in den dunklen großen Augen widerspiegelte, berührten Hope zutiefst. Sie öffnete ihr zusammengebundenes Haar und ließ es lose auf die Schultern fallen. Dann nahm sie aus ihrer Handtasche eine Bürste und ein paar bunte Haarbänder. Die Mädchen ergriffen die hingestreckten Utensilien, ohne zu zögern, und machten sich sofort mit einem verlegenen Kichern ans Frisieren. Die feinen schwarzen Haare reichten den beiden bis zum Po. Der Zopf, der während des Tages durch die Arbeit havariert war, musste neu geflochten werden. Mit hübschen farbigen Gummibändern schmückte Hope die Mädchen aus. Voller Stolz zeigten die Schwestern ihrem Bruder die neuen Frisuren. Dies entlockte Juan-José, der das Ganze mit skeptischer Miene beobachtet hatte, ein zurückhaltendes Lächeln. Als sie Hope aufforderten, auch ihm in sein schulterlanges Haar ein Band zu flechten, verneinte er mit einer abrupten abweisenden Handbewegung. Hope glaubte, eine leichte Röte auf seiner dunklen Haut erkennen zu können, und lenkte die Mädchen ab, indem sie ihre Lockenmähne zur Verfügung stellte. Abwechselnd bürsteten sie das widerspenstige Haar. Nach mehr als einer Stunde kehrten Miguel und Pedro endlich zurück. Der Anblick der versammelten Kinder, die eng zusammengerückt waren und mit traurigem, ängstlichem Blick auf die eintretenden Männer starrten, war erschütternd. Doch dann mussten sie feststellen, dass Hope die Kinder freundlich aufforderte, mit ihrer Arbeit fortzufahren. Die Ausgelassenheit und Freude, die sich nun in den Mädchen verbreitete, als sie die Lockenpracht von der rothaarigen Amerikanerin frisierten, traf Miguel mitten ins Herz. All das Grauen, welches er bei den Silvas gesehen hatte, verschwand für einen Moment aus seinem Gedächtnis. Die beiden Mädchen waren eifrig damit beschäftigt, Haarbänder in die vielen kleinen Zöpfe von Hopes roten Haaren zu flechten, während Juan-José das gurgelnde Kleinkind von Maria auf dem Schoß wiegte und es mit seiner bunten Halskette, einem Geschenk seiner Schwestern, fröhlich herumspielen ließ. Die beiden Frauen weilten noch immer zurückgezogen im Schlafzimmer. Hope hoffte, dass sich die Mutter dieser reizenden Kinder wieder vom Schock erholen würde. Nun, da die Familie auf so schreckliche Weise ihren Vater und den kleinen Bruder verloren hatte, brauchten sie dringend den Zusammenhalt. Obwohl Hope Vater und Mutter besaß, war ihr das richtige Familienglück versagt geblieben. Bruce, der große Halbbruder, war der Einzige, auf den sie sich immer verlassen konnte und der mit ihr durch all die schweren Zeiten gegangen war. Aber auch sie hatte schlussendlich ihre Kindheit überstanden, wenn auch mit tief verwurzelten Narben.

Auf der Heimfahrt waren Hope und Miguel in sich gekehrt. Der schreckliche Tag verfolgte die beiden und hatte sie regelrecht aus der Bahn geworfen. So sannen sie schweigend über das Desaster nach. Auf die Frage, was mit der Familie Silva passieren werde, gab Miguel nur kurz und bündig zur Antwort: „Pedro und Maria, wie einige entfernte Verwandte der Familie Silva, werden sich um die Frau und die Kinder kümmern. Die Polizei geht dem Mordfall nach." Doch lebendig konnte man Juan Silva nicht mehr machen. Dies äußerte Hope jedoch nicht laut, denn sie spürte, dass auch der Brasilianer mit dem Schicksal der Familie haderte. Also schwiegen sie erneut und ließen sich von dem dumpfen Brummen des Motors einlullen. Die bewaldete Gegend lenkte Hope ein wenig von der Trauer ab. Während ihres Aufenthalts hatte sie eine besondere Anziehung zu dem tropischen Land und seinen Menschen entwickelt. Zum ersten Mal in ihrem Leben spürte die junge Frau, dass sie hier gebraucht wurde, und das beglückte ihre Seele. Wenigstens milderte diese Erkenntnis die Trauer, die sie heute erlebt hatte, ein wenig.

Es war schon spät und der Rest des Abendessens stand auf der Wärmeplatte bereit, als Miguel und Hope auf der Fazenda eintrafen. Alle wussten von dem schrecklichen Ereignis. Ein kurzes Telefonat mit ihrem Halbbruder hatte genügt und dieser hatte die Freunde sofort informiert. Den erschöpften Ankömmlingen servierte man das aufgewärmte kulinarische Fischgericht Moqueca. Dies wurde speziell von Confianza zubereitet und es schmeckte göttlich. Antonio durfte sein Lob über die Köchin noch einmal wiederholen, was der Brasilianerin eine verlegene Röte ins Gesicht zauberte. Nach dem Essen tranken sie einen Kaffee und Bontà unterbreitete Miguel und Confianza den schriftlich aufgesetzten Vertrag. Darin war die großzügige Summe vermerkt, mit der sich Bruce und Hope an der Fazenda Verde beteiligen wollten. Das Unternehmen könnte sich somit tragen und man würde sich gemeinsam gegen Marcia Alves und seine Drohungen stellen. Nach der Betrübtheit des Tages war dies eine erfreuliche Nachricht und ließ die Freunde hoffnungsvoll in die Zukunft blicken. Die Besitzer und die Teilhaber waren sich einig und sahen die Vorteile des Zusammenschlusses. Miguel äußerte jedoch eine leichte Skepsis: „Heute haben wir einen kleinen Vorgeschmack von Marcia Alves' Rücksichtslosigkeit bekommen. Wenn der Drogenboss nicht das bekommt, was er will, kann er äußerst skrupellos agieren." Der junge Brasilianer setzte dabei eine ernste sorgenvolle Miene auf. Bruce entgegnete jedoch mit einer zuversichtlichen Überzeugtheit in der Stimme, die nicht nur Bontà aufhorchen ließ: „Ich habe mich nach dem Anruf sofort mit George Murray in Verbindung gesetzt. Die Polizei hat beim Gebäude der ACO in Rio eine Einheit verdeckt abgestellt, die bei der Ankunft der Männer mit dem gestohlenen Säugling der Silvas sofort eingreift. Sie haben dann die Befugnis, eine sofortige Razzia durchzuführen. Dem Kartellboss werden schon einige Straftaten vorgeworfen und jetzt kommt auch noch Mord und Kindesentführung hinzu. Die DEA (Drug Enforcement Administration) hat sich bereits eingeschaltet und wird uns demnächst eine Spezialeinheit zur Verfügung stellen. Sie wird Marcia Alves beschatten und im richtigen Moment überführen." „Das sind wirklich exzellente Neuigkeiten", erwiderte Bontà, zog ihre Augenbrauen anerkennend unter die Stirnfransen und schenkte Bruce zum zweiten Mal ein Lächeln, das ihn innerlich aufjauchzen ließ. Hatte er etwa die erste Stahlschicht schon schmelzen können? Wie viele solche Lagen musste er noch durchdringen, bis er den Kern dieser tiefen, ernsten Seele erfassen konnte? Bruce war ein geduldiger Mann. Hauptsache war in diesem Moment nur, dass er die volle Aufmerksamkeit von Bontà auf sich lenken konnte. Auch den Anderen schien eine große Last von der Schulter genommen zu sein und die momentane Lage hatte sich etwas entschärft. Doch die Situation war noch nicht durchgestanden. In ein paar Tagen würde der Kartellboss mit seiner Gang wiederkommen. Alle wussten, dass der Kerl nicht so schnell aufgeben würde. Gedanken um das weitere Vorgehen konnten sie sich später noch machen.

Die Tage vergingen viel zu schnell. George Murray war eingetroffen und mit ihm die gute Nachricht, dass man die Männer mit dem entführten Kind verhaftet hatte, als sie das ACO-Gebäude betreten wollten. Daraufhin startete die Polizei einen Großeinsatz mit Hilfe des Militärs. Die ganze Organisation wurde sofort stillgelegt und alle Beteiligten unter Arrest gestellt. Leider hatte man keine schriftlichen Dokumente gefunden, da jemand das Archiv im Keller während des Einsatzes angezündet und damit alle Akten vernichtet hatte. In den Computerdateien fand man nur die Adoptionen der letzten zehn Jahre. Der Name des Vorsitzenden dieser Zweigstelle war gefälscht. Wer in Wirklichkeit der Kopf dieses Syndikats in Rio war, wurde immer noch ermittelt. Confianza zeigte sich im ersten Moment etwas niedergeschlagen, denn nur zu gerne hätte sie gewusst, wer ihre wirklichen Eltern waren. Antonio tröstete sie mit den Worten: „Du trägst den Namen der Dias und wirst dein ganzes Leben dieser Familie angehören. Die Papiere, die du besitzt, sind notariell beglaubigt. Dein Vater hat dafür ein Vermögen bezahlt." Ein letzter leiser Seufzer drang aus ihrer Kehle, bevor sie ihm ein gequältes Lächeln schenkte. „Du hast so recht, Antonio. Was zählt, ist das Heute und deshalb werde ich für die Fazenda Verde kämpfen. Niemand wird mir mein Erbe wegnehmen." Diese Äußerung entfachte in Antonio ein impulsives Verlangen, das er unbedingt sofort zu stillen gedachte. Bevor Confianza merkte, was ihr geschah, zog der sonst so zurückhaltende Mann die Brasilianerin an sich und küsste sie so feurig, dass sie sich einfach seiner Leidenschaft hingab. Gehalten von seinen starken Armen wiegte sie sich zum ersten Mal seit dem Tod ihres Vaters endlich wieder in

Sicherheit. Langsam beendete Antonio den innigen Kuss und schaute in die verträumten braunen Augen.

„Ich liebe dich so, wie du bist, deine Abstammung ist mir egal. Dein Herz hat mich gefangen genommen. Schon als du in der Schweiz weiltest, fühlte ich mich unglaublich von dir angezogen. Doch zu dieser Zeit sah ich noch keine Hoffnung für eine gemeinsame Zukunft. Wer hätte gedacht, dass wir uns hier in deinem Land und deinem Zuhause so schnell wieder begegnen würden?"

Confianza strich Antonio, dem ersten Mann, in den sie sich je verliebt hatte, sanft über die Wange. Der Geruch nach Holz und Farbe umgab ihn. Antonio war ein herzensguter und bodenständiger Kerl. Confianza wusste tief in sich drin, dass sie füreinander bestimmt waren. Dieser Mann würde sie glücklich machen und ihr Leben verschönern. Zärtlich aneinandergeschmiegt genossen sie die Wärme des anderen.

Bontà, die schon eine ganze Weile die beiden beobachtet hatte und dabei eine tiefe Freude verspürte, konnte ihr Frohlocken nicht mehr zurückhalten. Sie drückte zuerst ihre Freundin und danach ihren Bruder fest an sich. „Es ist schön, euch so zusammen zu sehen, aber es hat ziemlich lange gedauert, bis ihr es herausgefunden habt. Ein paar Mal wollte ich euch am liebsten einen Stoß versetzen, aber schaut her, ihr habt es doch noch alleine geschafft. Gratuliere! Wann ist die Hochzeit?"

Beide wurden ganz verlegen und Antonio fand als Erster die Stimme wieder: „Das werden wir dir als Erste mitteilen."

„Gut so", antwortete Bontà lächelnd und verschwand um die Ecke ins Büro.

11.

Ein Tag vor dem angegebenen Treffen mit dem berüchtigten Kartellboss lag eine angespannte Stimmung in der Luft. Am späten Abend überflog ein Helikopter die Gegend im Tiefflug. Ganz in der Nähe der Villa gab es ein kleines Tal, dort landete der getarnte olivfarbene Vogel kurz und entfernte sich dann geräuschvoll wieder. George Murray, der zwischen der Polizei und der US-amerikanischen Behörde vermittelte, erklärte: „Jetzt ist gerade die Spezialeinheit eingeflogen worden. Sie wird sich vorerst verdeckt im Hintergrund halten. Wenn es nötig wird, kann sie sofort eingreifen."

Noch einmal gingen sie den genauen Plan durch, wie sich alle zu verhalten hatten. Es wurde eine lange, unruhige Nacht, denn dauernd tigerte jemand von Unruhe geplagt in die Küche, um einen Tee oder sonst was zu trinken.

Der folgende Morgen begann noch unerträglicher. Das Warten auf den Drogenboss, dessen Ankunftszeit man nicht voraussagen konnte, zerrte an den schon bloßgelegten Nerven und führte zu einer besorgniserregenden Gereiztheit. Am frühen Nachmittag fuhren dann endlich die schwarzen Geländewagen vor. George Murray beobachtete verdeckt hinter dem Fenster im ersten Stock mit dem Gewehr am Anschlag das Treiben, während rund um das Gebäude sieben ausgebildete Kämpfer die Stellung hielten. Den Arbeitern hatte man freigegeben und sie gebeten, bei ihren Familien zu bleiben. So traten nur die sechs Freunde aus dem Haus. Das ganze Szenario vom letzten Mal wurde wiederholt und der kleine hagere Brasilianer kam, umringt von seinen stählernen Leibwächtern, auf die Gruppe zu. Mit seiner höflichen, ruhigen Stimme begrüßte er zuerst Confianza Dias, machte ihr die üblichen Komplimente, wie es sich für einen Gentleman gehörte. Nachdem er auch Miguel kurz die Hand gereicht hatte, musterte Marcia Alves mit hochgezogenen Brauen die Fremden. „Darf ich fragen, was diese Anwesenden hier zu suchen haben?" Miguel stellte sich vor seine Cousine und erwiderte: „Senhor Alves, darf ich vorstellen, Bruce und Hope Schnyder. Sie sind Teilhaber der Plantage Verde." Eine kurze, kühle Begrüßung folgte. „Bontà De Tesco, unsere Buchhalterin, und der Verlobte von Senhorita Dias, Antonio De Tesco." Wieder wurde kurz die Hand geschüttelt und Senhor Alves zog dabei seine Augen zu engen Schlitzen zusammen. In seiner Stimme klang eine unterschwellige Belustigung mit: „Schön, darf man zur Verlobung gratulieren? Wann findet denn die Hochzeit statt?"

Diesmal forderte man den Kartellboss nicht auf, ins Haus zu kommen. Man war draußen auf der sicheren Seite und das Gespräch, das folgte, würde Marcia Alves ganz und gar nicht gefallen. Miguel überging seine Frage einfach und kam kurz und bündig auf den Punkt zu sprechen: „Wir können die ausstehenden Schulden tilgen. Die Unterschlagungen des früheren Buchhalters sind auch beglichen worden. Hier der Check, Senhor Alves." Der junge Brasilianer überreichte dem Geschäftsmann das unterschriebene Papier. Doch bevor er es aus der Hand gab, stellte Miguel dem Kartellboss in einem kühlen Tonfall eine sachliche Frage: „Können Sie uns vielleicht erklären, wieso Heitor Dias Ihnen über zehn Jahre monatlich eine beachtliche Geldsumme bezahlen musste?" Miguels Augen blitzten dabei gefährlich auf. Sein Widersacher ließ sich nicht aus der Fassung bringen und zupfte an seinen weißen Handschuhen, die er in der linken Hand hielt. Nach einem ausführlichen Räuspern antwortete der Geschäftsmann mit einem Hauch Spott in der Stimme: „Heitor und ich hatten ein mündliches Abkommen. Das Internat in der Schweiz, welches er für seine geliebte Tochter ausgesucht hat, kostete ihn eine

Stange Geld. Es wäre für Senhorita Dias und ihren Verlobten beschämend, wenn ich nun näher auf dieses Thema eingehen würde. Von der ursprünglichen Abstammung Confianzas ganz zu schweigen. Da die Schulden nun beglichen sind, ist diese Angelegenheit für mich erledigt." Träge fuhr er mit seiner manikürten Hand seinen graumelierten Schnauzbart nach, der in einer zugespitzten Form endete, dabei unterdrückte er ein hämisches Grinsen, als er entdeckte, wie Confianza bei seinen Worten zusammengezuckt war.

„Geht es um die Adoption meiner Cousine? Sie wissen ganz genau, dass die ACO illegale Handlungen tätigt."

Natürlich wusste der Drogenboss von der Schließung der Organisation und dass man ihm, als Geschäftsführer unter falschem Namen, auf der Spur war. Marcia Alves hatte bereits die Schwachstellen eliminieren lassen und andere Personen geschmiert oder ganz einfach bedroht, was seine übliche Taktik war. Aber woher wussten diese armseligen Wichte von der Übernahme durch die Polizei und den Machenschaften der ACO? Sie hatten ihn auch des Mordes an Juan Silvas verklagt. Der blöde Gemüsebauer hatte sich einfach nicht einschüchtern lassen, was ein grober Fehler gewesen war. Eigentlich hatte Alves gehofft, Juan Silvas auf seine Seite zu bringen, dann hätten alle anderen Obstbauern anstandslos eingewilligt, für ihn zu arbeiten. Aber sein Plan war nicht aufgegangen und er musste härtere Maßnahmen ergreifen. Sein rechtes Augenlid begann unkontrolliert zu zucken, was an seiner unterdrückten Wut liegen musste. Er benötigte dringend Zeit zum Nachdenken. Diese jungen Leute wollten ihn, den mächtigsten Kartellboss von Rio, einfach abservieren. Da hatten sie sich aber gewaltig in ihm geirrt. Sein Gesicht verzog sich zu einer undurchsichtigen Maske und das schmierige Lächeln, das er nun aufgesetzt hatte, wirkte gekünstelt. „Ja dann, meine Lieben, überlasse ich euch die

Fazenda Verde. Ihr habt eure Aufgaben gut gemeistert. Sagen Sie mir Bescheid, Senhorita Dias, wenn Sie den Hochzeitstermin festgelegt haben. Ich möchte mir nicht entgehen lassen, Ihnen ein Geschenk zu überbringen." Nach einer kaum merklichen Verbeugung setzte er Hut und Sonnenbrille auf und schlenderte, dicht gefolgt von seinen Männern, zum Wagen. Stolz aufgerichtet, was bei seiner minimalen Größe kaum relevant war, ließ er sich die Türe aufhalten und bestieg den gepanzerten Hummer. Die schwarze Fahrzeugkolonne fuhr langsam davon. Das Ganze ähnelte einem Trauerzug, doch dahinter verbarg sich eine der giftigsten Schlangen der Welt, eine schwarze Mamba. Von diesen gefährlichen Exemplaren lebten im Urwald Brasiliens und in ganz Südamerika unzählige, bereit, ihr Gift in die ganze Welt zu zerstreuen. Eigentlich sollte den Zurückgebliebenen jetzt wohler sein, nachdem der Feind das Feld geräumt hatte. Doch im Inneren wussten sie, dass sie damit einen riskanten Kampf eröffnet hatten. Wann und wie der brodelnde Vulkan ausbrechen würde, war den Freunden noch unklar. Marcia Alves bebte innerlich vor Wut. Seine engstehenden Augen waren zu Schlitzen verzogen und aus seinem Mund entwichen äußerst derbe Worte. Seine Männer hatten ihn noch nie so aufgebracht erlebt. Die strapazierten Nerven ihres Bosses hingen an einem seidenen Faden. Er verlangte von Gorgo, seiner rechten Hand, das heimlich aufgenommene Gespräch noch einmal abzuspielen. Danach entschied er, die vier Fremden genauestens zu durchleuchten. Sofort öffnete sein bester Leibwächter, der ihn begleitet hatte, den Laptop und gab die Namen ein. Man musste dem Geschäftsmann hoch anrechnen, dass seine Rage ihn nur kurz aus der Fassung gebracht hatte. Seine angeborene Hinterlist wurde bereits wieder von neuen infamen Plänen inspiriert, nachdem er feststellen musste, dass die Kalifornier einen bemerkenswerten Familienhintergrund aufzuweisen hatten. Ein hämisches Grinsen breitete sich auf seinem Gesicht aus und seine Entscheidung war gefallen. Die rothaarige Frau gäbe ein saftiges Lösegeld ab und würde ihn für den ganzen Ärger entschädigen. Marcia Alves wandte sich erneut Gorgo zu, der auf dem Vordersitz saß: „Du planst jetzt einen Angriff auf die Fazenda, wobei man möglichst viel zerstört. Dann schnappt ihr mir die rothaarige Frau und zwar lebendig, verstanden?" Gorgo, ein Ex-Militär aus der Ukraine, verzog keine Miene, als er den Befehl entgegennahm. Nur das laute Knacken seiner Fingerknöchel verriet die Erregung, die ihn übermannte, wenn er etwas Niederträchtiges ausführen durfte. Während Marcia Alves an seinen Racheplänen feilte, arbeiteten die Freunde mit Hilfe von George Murray und dem Spezialteam an einer Abwehrinitiative. Dass der Kartellboss nicht so ohne Weiteres das Feld räumen würde, war allen klar und sie wussten auch, dass er mit allem, was ihm zur Verfügung stand, kämpfen würde. Marcia Alves besaß eine kleine Armee von Söldnern aus aller Welt, die er zu seinem Schutz angeheuert hatte. Mittlerweile hatte die CIA eine Liste mit den Namen seiner privaten Truppe angefertigt. Die dubiosen Typen waren erstklassig ausgebildet und gingen über Leichen, um an ihr Ziel zu gelangen. George Murray, der früher selber in einem Spezialteam gearbeitet hatte und nach einer schweren Verletzung frühzeitig in den Ruhestand getreten war, wusste genau, mit welchen gefährlichen Killern sie sich anlegten. Seine private Detektei zählte zu den besten Amerikas und seine frühere berufliche Laufbahn war ihm dabei sehr nützlich gewesen. Seine Beziehungen reichten bis zu den obersten Etagen, so kam er auch an die geheimen Informationen des Kartells und die weltweiten illegalen Handlungen der ACO. Natürlich erwies sich die Hilfe von den internen Behörden jedes einzelnen Staates als großer

Pluspunkt. In Lugano hatte man inzwischen eine Frau festgenommen, die zusammen mit ihrem Mann in der ACO tätig war. Als der Name Donna Peressca fiel, wurden die drei Freundinnen hellhörig. Was hatte die frühere Direktorin ihres Internates mit der ACO zu tun? George Murray beschrieb die Frau als Managerin und den Kopf der Organisation für ganz Europa. In ihrem Computer wurden Dateien von illegalen Adoptionen gefunden. Seit mehr als zwanzig Jahren leitete diese Frau verdeckt einen Kinderhandel. Ihr drohte eine lebenslange Haft. Das Internat war nur ein Deckmantel für ihre Machenschaften gewesen und wurde umgehend geschlossen.

Noch am selben Abend telefonierte Bontà mit Beat Keller, einem der Pädagogen, der ihr geholfen hatte, das Buchhalterdiplom zu bestehen und während ihrer Abwesenheit nebenbei ihre kleine Firma leitete. Er teilte ihr mit, dass er froh sei, noch als Buchhalter in ihrem Geschäft tätig sein zu können. In seinem Alter fand man nicht so leicht einen neuen Job. Erschüttert zeigte sich auch Antonio. Vielleicht hatte ja das plötzliche Verschwinden seines dreimonatigen Sohnes Marco vor drei Jahren mit der illegalen Organisation etwas zu tun? George Murray versprach ihm, sich persönlich um diese Angelegenheit zu kümmern. Der Auslandsgeheimdienst der Vereinigten Staaten, die CIA, traf noch am selben Tag ein. Das Team durfte das Büro der Fazenda Verde benutzen, um seine technischen Geräte zu installieren. Die Spezialeinheit quartierte man im alten Kühlhaus ein, während alle Lieferungen von der neuen Rüsthalle aus erledigt wurden. Man wollte auf keinen Fall, dass die brasilianischen Arbeiter in das Geschehen involviert wurden. Die Umgebung und die Fazenda wurden regelmäßig mit Drohnen überwacht. Bei einem Angriff des Drogenbosses konnte man sich sofort wappnen und eingreifen. Dass Marcia Alves etwas plante, war anzunehmen, doch was und wann dies geschehen würde, konnte niemand so genau wissen. Die erste Woche verlief ruhig, zu ruhig. Die nervliche Anspannung und das Warten verlangten allen viel ab. Man versuchte, den Tagesablauf so gut es ging normal durchzuführen. Miguel arbeitete wie stets von seinem Büro aus, das bei der neuen Kühl- und Rüsthalle lag. Bontà half bei den Reinigungsarbeiten im Haus und wusch die Wäsche. Confianza übernahm die Rolle als Chefköchin, denn man hatte einige Menschen zu verköstigen. Wenn schon eine kleine freiwillige Armee und CIA-Agenten sich zur Verfügung stellten, um ihre Sicherheit zu gewährleisten, fand die Brasilianerin, sei es das Mindeste, was sie tun konnte, den Männern in dieser Zeit ein leckeres Essen vorzusetzen. Dies genossen die Beamten sehr und schätzten die freundliche Bewirtung außerordentlich. Nach der zweiten endlos langen Woche blieb immer noch alles verdächtig ruhig. Zu früher Morgenstunde verweilten Confianza und Antonio im Garten hinter dem Haus. Sie ernteten frisches Gemüse und gossen die Erde, die Wasser benötigte. Die Luftfeuchtigkeit war sehr hoch und die Temperatur würde im Laufe des Tages noch emporklettern. Der Schweiß rann ihnen bereits um sechs Uhr morgens die Schläfe runter. Niemand hatte zu dieser Stunde mit einem Blitzangriff gerechnet. Der CIA-Agent, der bald abgelöst werden sollte, sah die schwarzen Fahrzeuge auf dem Monitor mit quietschenden Reifen und überhöhtem Tempo die Einfahrt passieren. Sofort leitete er den Alarm weiter zum Quartier der Spezialeinheit. Dort rannten dunkle, bewaffnete Gestalten aus dem Kühlhaus und verschmolzen in ihren Tarnanzügen mit der Umgebung. Der Scharfschütze, der seinen Posten bereits vor Tagesanbruch bezogen und die Nachtwache abgelöst hatte, entsicherte sein Gewehr. Getarnt durch die üppigen Pflanzen des Dickichts, schaute er durch sein Zielfernrohr. Eines der Fahrzeuge hielt direkt auf die Kühlhalle zu, während die anderen nahe dem Haus stoppten. Wagentüren wurden aufgerissen und Männer, mit MGs bewaffnet, fingen an zu schießen. Der Scharfschütze traf den Fahrer des ersten Fahrzeuges und nahm den Nächsten ins Visier. Der zweite Angreifer entsicherte mit einem gekonnten Griff eine Handgranate und wollte sie zum Eingang der Kühlhalle werfen, als er getroffen wurde und mit einem Kopfschuss zu Boden fiel. Das Fahrzeug und drei weitere Männer flogen durch die Detonation der Bombe in die Luft. Der ohrenbetäubende Knall ließ Hope aufschreien, die gerade die Teller mit frischem Obst für das Team der Spezialeinheit befüllte. Verängstigt flüchtete sie zum Hinterausgang und hinaus direkt in das dichte Buschwerk, während die restlichen Männer von Alves sich hinter den gepanzerten Fahrzeugen verbarrikadierten und gezielt die Fensterscheiben des Hauses zerschossen. Die Spezialeinheit versuchte inzwischen die Eindringlinge zu umzingeln. Antonio hatte Confianza mit sich in den Schutz der nahen Bäume gezerrt, wo sie regungslos auf dem feuchten Boden kauerten und leise beteten, dass sie und ihre Freunde den Angriff unbeschadet überstehen würden. Bruce, der gerade dabei war, die Küche in Ordnung zu bringen, konnte sich nur noch zu Boden werfen, während über ihm auf dem Tisch die schmutzigen Tassen zerbarsten. George Murray ergriff sein Gewehr und schrie Bontà zu, die gerade im Bad die Schmutzwäsche einsammelte, sie solle sich in die Badewanne legen. Der CIA-Agent entsicherte gekonnt die Waffe, nachdem er einen Sprung hinter den massiven Schreibtisch hingelegt hatte. Der Computer, dessen Bildschirm von einer Kugel zersplitterte, gab hohe, schrille Alarmtöne von sich, die direkt ins Hauptquartier gesendet wurden. Auch Miguel, der einen Kilometer entfernt arbeitete, hatte die gewaltige Explosion der detonierten Granate gehört, und sah am Himmel eine schwarze Rauchwolke aufsteigen. Mit seinem alten Pick-up raste er so schnell er konnte, eine Abkürzung nehmend, querfeldein. Der beinahe unkenntliche Weg führte durch die dschungelhafte Vegetation direkt zur Fazenda. Hundert Meter vom Haus entfernt steckten die Räder, samt dem Unterboden der Karosserie, im Matsch fest und der Brasilianer rannte, so schnell ihn seine langen Beine trugen, atemlos weiter. Irgendetwas Schreckliches war passiert. Miguel verdrängte die Angst, die ihn zu erdrücken drohte. Sein Puls hämmerte so laut, dass er sogar seine harschen Atemzüge übertönte. Bei der letzten Kurve drosselte er sein Tempo und verschwand in das Dickicht am Wegrand. Vorsichtig versuchte Miguel, näher ans Haus zu pirschen. Neben dem Kühlhaus entdeckte er einen Geländewagen, der lichterloh brannte, während zwei weitere schwarze Hummerfahrzeuge vor dem Haus parkten. Alle Fenster am Gebäude waren zersplittert und das Ganze deutete auf ein hinterhältiges Attentat des Kartellbosses hin. War jemand verletzt worden? Miguel sah erst jetzt die dunklen Gestalten, die hinter den Fahrzeugen kauerten und mit ihren Maschinenpistolen sporadisch einen Kugelhagel auf das Gebäude abfeuerten. Was sollte er nur tun? Er besaß weder eine Waffe, noch war er ausgebildet, um in einer solchen Situation einzugreifen. Wo war überhaupt das Spezialteam? Seine scharfen Augen suchten die Gegend ab und da sah er Hope. Links des Hauses im Gebüsch robbte sie zum Hintereingang. Beinahe wäre ihm vor Schreck das Herz stillgestanden. War diese Frau verrückt geworden? Doch nicht nur Miguel entdeckte die Gestalt mit dem neongelben T-Shirt. Auch einem der Angreifer war die Frau nicht entgangen. Gorgo schlich sich behände von den gepanzerten Fahrzeugen weg, während die anderen ihm Feuerschutz gaben. Dann hechtete der große, muskulöse Mann direkt auf Hope zu. Alles ging sehr schnell und schon hatte der Angreifer die Flüchtige erfolgreich an sich gerissen. Die Pistole an ihre Schläfe gedrückt hielt er sie wie ein Schutzschild vor sich. Miguel bewegte sich vorsichtig ein Stück weiter nach vorne und kalkulierte den Abstand zum Feind und seiner Geisel. Die einzige Möglichkeit war, den Mann von der Seite zu attackieren und den Kerl mit Gewalt von Hope wegzustoßen. Das jedoch würde ein gefährliches Unterfangen werden. Der Kugelhagel stoppte abrupt, während in der Luft das Geräusch von brummenden Rotoren ertönte. Ein Helikopter, der plötzlich wie aus dem Nichts aufgetaucht war, zog kreisende Runden über der Fazenda. Das war die Gelegenheit. Für einen kurzen Augenblick waren Alves' Männer abgelenkt. Niemand hatte mit dem Einsatz des Militärs gerechnet. Miguel schnellte aus dem Gebüsch und hechtete auf den Mann vor ihm zu. Der Überraschungseffekt hatte seinen Zweck erfüllt und da er ein großer, kräftiger Bursche war, kam der Kidnapper ins Straucheln. Hope konnte sich losreißen und torkelte schwankend ein paar Schritte, bevor sie das Gleichgewicht verlor und auf allen vieren auf dem harten Boden landete. Der verdeckte Scharfschütze der Spezialeinheit nutzte die freie Sicht und verfehlte sein Ziel nicht. Von der Wucht der Kugel getroffen, flog Gorgo nach hinten und blieb regungslos auf dem staubigen Boden liegen. Die restlichen Männer von Alves flüchteten in die Fahrzeuge und ergriffen in Panik die Flucht. Darauf wimmelte es um das Haus von Menschen in Tarnanzügen. Niemand wusste genau, woher das Militär gekommen war. Hope klammerte sich verängstigt an Miguel. Sie stand unter Schock und zitterte am ganzen Körper. Aus dem Haus kamen George, Bruce und Bontà gerannt. Auch Antonio und Confianza wagten sich nun vorsichtig aus dem Dickicht. Die Freunde redeten alle durcheinander. Der angeschossene japsende Mann am Boden wurde von einem Sanitäter der Spezialeinheit untersucht. Gorgo hatte Glück im Unglück gehabt. Er trug eine kugelsichere Weste und war nach wenigen Minuten wieder ansprechbar. Der heftige Schlag der Kugel hatte ihm den Atem geraubt. Sofort legte man ihm Plastikfesseln an. Die CIA übernahm den Gefangenen, um ihn zu verhören. Sie würden alles aus der rechten Hand von Alves herausquetschen was sie wissen mussten, um den Kartellboss endlich in Gewahrsam nehmen zu können. Für Gorgo würde die Befragung ein Höllenritt werden. Die ausgebildeten Agenten wussten genau, wie sie solche Männer knacken konnten. Am Ende zwitscherte der Mann wie ein Vögelchen, nur um sich erhebliche Jahre im südamerikanischen Gefängnis zu ersparen. Marcia Alves hingegen würde, wegen der belastenden Aussagen seines Angestellten, sein restliches Leben hinter Gittern verbringen müssen.

George Murray führte die aufgebrachten Freunde aus der Gefahrenzone. Sie belagerten auch den Detektiv mit Fragen. Der Verängstigung, die er in den Stimmen hörte, und den entsetzten Gesichtsausdrücken nach zu urteilen, standen sie alle unter Schock. Da der private Ermittler solche Szenen gewöhnt war und sich nicht so schnell aus der Fassung bringen ließ, versuchte er die Zivilpersonen zu beruhigen. Im hinteren Teil des Hauses war das große Wohnzimmer zum guten Glück nicht zerstört worden. Die kleine Gruppe setzte sich dort zusammen und trank eine eisgekühlte Limonade, die Bruce, der sich am schnellsten gefangen hatte, servierte. Nachdem der Stresslevel entschieden nachgelassen hatte, übernahm George Murray wie selbstverständlich das Kommando. Mit seiner ruhigen Art fragte er besorgt: „Ist jemand verletzt worden?" Außer Bontà schüttelten alle den

Kopf. Der Sanitäter musste ihr einen Glassplitter aus dem Unterarm ziehen und drei Stiche nähen. Etwas beruhigter sprach der Detektiv weiter: „Da haben wir außerordentliches Glück gehabt. Mit diesem gezielten Überfall, so kurz nach seinem Besuch, hatten wir wirklich nicht gerechnet. Beinahe hätte er Hope als Geisel genommen, um Druck auf euch zu machen. Mit einer Entführung hätte die CIA eigentlich rechnen müssen. Wenn die Polizei nur angehend so gut wie das Militär mit uns kooperiert, wird Marcia Alves demnächst aus dem Verkehr gezogen und inhaftiert werden. Also macht euch keine weiteren Sorgen. Die Spezialeinheit bleibt auf alle Fälle noch bis zu dem gegebenen Zeitpunkt zu eurem Schutz hier stationiert, dafür werde ich eigens sorgen." Alle atmeten erleichtert auf. Ja, es gab da noch einige Fragen, die George Murray ihnen jedoch zurzeit nicht beantworten konnte. Wer übernahm die Kosten der sichtbaren Zerstörung? Würde Alves die Flucht gelingen, bevor man ihn ergreifen konnte? Waren sie danach in Sicherheit? Was würde geschehen, wenn ein neuer Kartellboss Marcia Alves' frei gewordene Stelle antreten würde? Zur Ablenkung und um die Spannung abzubauen, begann man mit dem Aufräumen. Am schlimmsten waren die Glasscherben, die überall zerstreut herumlagen. In den Holzbalken würden noch lange die Löcher der Kugeln zu sehen sein und an den schrecklichen Tag erinnern. All das Materielle konnte mit der Zeit repariert werden, aber der Schrecken über die Grausamkeit und Gewalt, die in der Menschheit steckte, würde nicht so leicht vergessen werden.

George Murray verließ die Fazenda Verde noch am selben Tag. Man schickte ihn nach Rio, um all den Papierkram, unter anderem die Anklage an Marcia Alves und deren weiteren Verlauf, zu überwachen. Die mutwillige Zerstörung an dem privaten Gebäude und die Wiederinstandstellung mussten geregelt werden. Der Detektiv versuchte für die jungen Menschen, die ihm sehr am Herzen lagen, alles nur Erdenkliche herauszuholen. Es sollte ihnen auch eine gewisse Sicherheit im zukünftigen Leben gewährleistet werden. Mit den Behörden in Rio war das jedoch ein langer, beschwerlicher Weg und kostete George Murray so einiges an Nerven. Noch am selben Tag wurde Marcia Alves' Villa gestürmt und der Kartellboss in einem gesicherten Militärgefängnis untergebracht. Bis zum Gerichtstermin, der frühestens in drei Wochen stattfinden sollte, würde die Spezialeinheit jedoch die Zeugen auf der Fazenda Verde Tag und Nacht bewachen. Der Ermittler trug in der Zwischenzeit noch weitere Anklagepunkte gegen Alves zusammen.

Der Tag nach dem schrecklichen Angriff ging langsam zur Neige. Das Abendessen wollte niemandem so recht schmecken und die bedrückende Stimmung hob sich auch nicht, als man von George Murray die Nachricht erhielt, dass die Behörden den Drogenboss eingesperrt hatten. Ihnen graute allen vor der Zeitspanne des Wartens. In drei Wochen sollten sie vor Gericht aussagen. Doch niemand wusste, was bis dahin noch alles geschehen konnte. Bruce, der versprach, den Abwasch zu übernehmen, versuchte mit seinem Optimismus die Freunde etwas aufzuheitern. Die gehandicapte Bontà half ihm unbeholfen, den Tisch abzuräumen. Den verletzten Arm hielt sie in einer Schlinge an die Seite gedrückt. Nachdem ihr beinahe eine Schüssel auf den Boden gefallen war, drückte Bruce seine etwas lädierte Helferin auf den Stuhl. „Du kannst mir die Zeit vertreiben. Wir haben für diese Woche genug Geschirr verloren", meinte er mit einem Schmunzeln und zwinkerte Bontà zu.

Diese verzog ihr Gesicht zu einer scherzhaften Grimasse und entgegnete ironisch: „Die Scherben haben uns jedenfalls Glück im Unglück eingebracht."

Bruce wandte sich der jungen Frau mit nachdenklicher Miene zu. Seine blauen Augen musterten Bontà intensiv und entfachten in ihr eine unkontrollierte glühende Hitze. Auf den markanten Wangenknochen zeigten sich zartrosa Färbungen und ihre graugrünen Augen begannen fieberhaft zu glänzen. Verlegen blies sie die langen Ponyfransen, die sich in ihren dunklen Wimpern verfangen hatten, aus der Stirn. Der Kalifornier wandte ruckartig den Blick von ihr ab und polierte wie ein Verrückter die Ablagefläche trocken. Dann hängte Bruce den Lappen zum Trocknen auf. Seine sonst so wohltemperierte Stimme tönte rau, als er sprach: „Meine Liebe, dir hat eine Scherbe deine zarte Haut geritzt und das ziemlich tief. Tut es noch weh?"

Er beugte sich besorgt nieder und hauchte einen mitfühlenden Kuss auf ihre schlanke Hand, die am Ende der Schlinge hervorlugte. Bontà, überrascht von seinem Stimmungswechsel und seiner zärtlichen Annäherung, wurde noch röter und glaubte vor Hitze gleich zu zerplatzen. Sie schüttelte kaum merklich den Kopf. Der pochende Schmerz am Unterarm war durch die Schmerztablette eingedämmt worden. Bruce zog Bontà vom Stuhl hoch und führte sie zu der Schaukel auf der Veranda. Als er sich hineinsetzte und Bontà auf seinen Schoß setzte, schwang die Wippe sachte vor und zurück. Starke Arme hielten die junge Frau fest und gaben ihr das Gefühl von Geborgenheit. Wie selbstverständlich legte Bontà den Kopf an seine muskulöse Brust und genoss die rhythmischen Schwingungen, die eine beruhigende Empfindung auslösten. Der schreckliche Tag hatte die Freunde noch enger zusammenrücken lassen. Wie schnell ein Leben hier auf Erden ausgelöscht werden konnte, hatte der Angriff heute nur zu gut gezeigt. Das regelmäßige Pulsieren des Herzschlages an ihrem Ohr ließ Bontà einnicken. Ihr letzter Gedanke war, wie schön und angenehm das Leben doch sein konnte. Man sollte sich angewöhnen, jeden Tag zu schätzen und völlig auszukosten.

In dieser Nacht lagen Antonio und Confianza eng aneinander gekuschelt im großen Bett. Der Deckenventilator drehte sich mit einem monotonen Brummen und wirbelte die feuchtheiße Luft träge durch den Raum. Die leichte Brise kühlte die überhitzten Körper, die vom Liebesspiel noch feucht glänzten. Antonio bedeckte ihre Nacktheit mit dem dünnen Leinen und zog seine Geliebte eng an sich. Confianzas lange schwarze Haare verteilten sich wie ein Fächer über das weiße Kissen und sie gab ein wohliges Schnurren von sich. Im Moment war sie eindeutig die glücklichste und zufriedenste Frau auf Erden. Für kurze Zeit hatten sie während dem leidenschaftlichen Akt den Schrecken des Tages verdrängen können. Nie hätte sie sich erträumt, so früh eine Ehe einzugehen. Doch Antonio war der Richtige, das spürte sie mit Leib und Seele. Der Schreiner hatte eingewilligt, in Brasilien auf der Fazenda zu leben. Hier würde es genug Arbeit für ihn geben und er hoffte, dass die Plantage bald wieder Gewinn abwerfen würde, so konnten sie mit den nötigen Renovierungen an dem alten Haus anfangen und einen neuen Lebensabschnitt beginnen.

Während zwei Paare sich von den Gefühlen leiten ließen und ihr Glück genossen, befanden sich Miguel und Hope vor einem großen Hindernis. Hope war von Angst erfüllt, der Brasilianer würde, wenn sie ihm ihre Zuneigung offen sagte, sie eines Tages einfach fallen lassen. Der Gedanke daran erdrückte sie beinahe und machte das Atmen schwer. Sie würde wieder den Depressionen verfallen. Hätte sie die Kraft, sich wieder herauszuwinden? Hope musste sich eingestehen, dass sie es nicht mit Sicherheit wusste. Also zog sie es zu ihrem eigenen Schutz vor, zu schweigen und Abstand zu halten. Miguel spürte ihre Bedenken und eine tiefe Bedrücktheit nahm Besitz von ihm. Verletzt im Stolz und seiner Seele ging auch der Brasilianer auf Distanz. Zum ersten Mal hatte Hope sich gehen lassen. Nach seiner heroischen Rettung hatte er die zitternde Frau in seine Arme geschlossen. Hope hatte sich an ihn geklammert wie eine Ertrinkende, doch bereits kurz danach mied sie seine Nähe, und gerade das hinterließ bei Miguel einen bitteren Nachgeschmack. Die Kränkung, die sie ihm damit zugefügt hatte, gemischt mit dem feurigen brasilianischen Temperament, erweckte in ihm brodelnde Wut. Er wollte nicht mit dem Mistkerl, der Hope so schamlos ausgenützt hatte, verglichen werden. Miguel versuchte verzweifelt, seine Gefühle zu bändigen. Für ihn war es besser, Hope im Moment aus dem Weg zu gehen. So verbrachte er nach dem Abendessen noch einige Stunden in seinem Büro und erledigte liegengebliebene Arbeiten.

Als er gegen Mitternacht entschied, endlich Schluss zu machen, da seine Anspannung einfach nicht nachlassen wollte, kehrte er müde und unzufrieden heim. Das Haus lag im Dunkeln. Nur die Laterne auf der Veranda verströmte ein schwaches Licht. Ein Dutzend Nachtfalter, angezogen vom Schein der Glühbirne, umschwirrte die Außenleuchte, und in der Stille hörte man das leichte Flattern der zierlichen Flügel. Miguels Körper und seine Seele waren erschöpft. Sein Kopf war erfüllt von einer Trostlosigkeit und lag so unendlich schwer wie eine Bürde auf seinen breiten Schultern. Eine Einsamkeit, wie er sie noch nie verspürt hatte, füllte sein Inneres aus. Bis jetzt hatte sich Miguel weder Gedanken über eine Frau noch seine Zukunft gemacht. Eine Familie zu gründen, das lag in weiter Ferne. Zuerst musste er die Richtige finden und das brachte ihn wiederum zu Hope. Zu einer Ehe gehörten Liebe und Vertrauen und gerade das fehlte in ihrer Beziehung, die eigentlich ja gar keine war. Seine Sehnsucht, die ihn seit der ersten Begegnung mit der rothaarigen Schönheit heimsuchte, war bis heute nicht von ihm gewichen. Nein, sie hatte sich sogar von Tag zu Tag verstärkt und hinterließ einen furchtbaren Herzschmerz. Träge, was sonst nicht seine Art war, nahm er eine Treppenstufe nach der anderen. Da Miguel in Gedanken versunken war, sah er Hope nicht, die in der hintersten Ecke in einem Korbstuhl saß. Die langen Beine steckten in kurzen Seidenshorts und das Kinn stützte sie auf die angewinkelten Knie. Aus smaragdgrünen Augen beobachtete sie den Ankömmling. Auch sie fand keinen Schlaf. Abermals hatte sich der schreckliche Tag, wie ein Film, in ihrem Gedächtnis abgespult. Wenn sie nun erschossen worden wäre, oder noch schlimmer, als Geisel von Alves hätte Schreckliches durchmachen müssen. Eisige Kälte legte sich um ihr Herz und lautlos rannen die salzigen Tränen über die graziösen ebenmäßigen Gesichtszüge. Die Erleuchtung kam so plötzlich, dass Hope einen lauten Seufzer von sich gab. Miguel hatte sie aus dem Dilemma gerettet. Er hatte dabei sein eigenes Leben riskiert und sie hatte sich nicht einmal bei ihm bedankt. Beschämung breitete sich in ihr aus. Hope versuchte, ihr Gewissen mit einer Ausrede zu besänftigen. Es lag am Schock, der sie nach dem Angriff gefangen genommen hatte und sie direkt in die Arme ihres Retters getrieben hatte. Sie zweifelte sofort an dieser Aussage. Damit würde sie sich selber und auch Miguel belügen. Innerlich verzehrte sie sich nach dem attraktiven, wagemutigen jungen Mann. Nach dem Essen war der Brasilianer einfach aufgestanden und mit seinem Truck zur neuen Kühlhalle gefahren, um zu arbeiten. Als es dann im Haus still wurde, war Hope auf die Veranda geschlendert. Die

Stunden des Wartens hatte sie mit Nachdenken verbracht. Sie fühlte sich hier auf der Fazenda Verde wie zu Hause. Hatte sie überhaupt je ein Zuhause gehabt? Confianza war für Hope in den letzten Jahren zu einer Schwester geworden. Außer ihrem Halbbruder zählte sie bislang niemanden zu ihrer realen Familie. Bruce hatte schon seit Tagen ein besonderes Leuchten in seinen blauen Augen, wenn er Bontà erblickte, und ihre Freundin wiederum beobachtete den Amerikaner, wann immer er es nicht bemerkte. Sie freute sich aufrichtig für die zwei. Beide hatten einen guten Partner verdient. Und was war mit ihr? Seit sie Miguel am Flughafen getroffen hatte, schlug ihr Herz bei seinem Anblick eine Frequenz höher. Nicht einmal seine mürrische Laune konnte etwas daran ändern. Vor Angst, sich zu verlieben, hatte sie dem bildschönen Brasilianer die kalte Schulter gezeigt. Nur an dem Wochenende in Rio gab sie ihrer Schwäche nach und unterlag seinem maskulinen Charme, den er nur zu selten anwendete. Doch Miguel hatte zu diesem Zeitpunkt ihre Verführungsversuche einfach höflich abgelehnt. Das hatte Hope sehr getroffen und unglaublich geschmerzt, denn normalerweise war kein gesunder Mann je abgeneigt gewesen, mit ihr ins Bett zu gehen. Er jedoch wollte mehr als nur eine Affäre, das hatte er in Rio klipp und klar gesagt. Bisher hatte sie ihn nie gefragt, was er denn genau von ihr wollte. Sie war ihm ausgewichen, hatte Stillschweigen bewahrt, was eindeutig ein Hinweis von Feigheit gewesen war. Hatte sie an diesem Abend in Rio wirklich nur eine flüchtige Affäre mit dem attraktiven Brasilianer gewollt? Die eine katastrophale Beziehung in ihrem Leben hatte ihr wahrlich genügt. Seither hatte Hope nie wieder ihren Gefühlen nachgegeben. Ihr Liebesleben war bislang eine schreckliche Misere gewesen und deshalb hatte sie auch den Wunsch nach einer Familie schon längst begraben. Zu schlechte Erinnerungen aus der eigenen

Kindheit prägten zudem dieses Bild. Doch als Miguel so traurig und niedergeschlagen die Außentreppe hinaufstieg, rührte sich etwas im tiefen Inneren ihres Herzens. „Miguel!" Aufgeschreckt von der rauchigen melodiösen Stimme verharrte der junge Mann regungslos auf der letzten Stufe. Seine dunklen Augen suchten in der Dunkelheit nach dem Ursprung und blitzten auf, als er Hope entdeckte. Schmerzhaftes Verlangen flackerte kurz über seine markanten Gesichtszüge. Dann wechselte der Ausdruck in eine abwehrende Haltung. „Kannst du nicht schlafen?" Seine Stimme war tief und nur ein Flüstern. Hope stand auf und streckte ihm auffordernd die Arme entgegen, während sie auf ihn zuschritt. „Ich möchte dir für deine Rettung danken." Ihre grünen Augen glänzten wie Edelsteine unter den dunklen Schatten ihrer Lider und ihr herzförmiger, voller Mund verzog sich zu einem zaghaften Lächeln. Hingerissen von ihrem Antlitz ergriff Miguel vorsichtig ihre Hände und hauchte ihr ein Kuss auf die offenen Handflächen. Ihre Haut begann von seiner Berührung zu prickeln. Sie standen sich so nahe, dass ihr Atem sich vermischte. Die Blicke verschmolzen und Miguel konnte nicht länger sein Empfinden unterdrücken. „Es gäbe für mich nichts Schlimmeres, als dich zu verlieren. Du hast dich vom ersten Tag an in mein Herz geschlichen, auch wenn ich dich am Anfang dafür verwünschte." Nun zeigte sich auf seinem Gesicht ein verlegenes Grinsen. Die weißen Zähne blitzten in der Dunkelheit auf und seine gebräunte Haut wirkte dadurch noch intensiver. Seine Augen, so schwarz wie sein widerspenstiges Haar, das ihm in die Stirn fiel, ließen ihn gefährlich und wild aussehen. Zart strich er mit seinem Finger über ihre blasse Wange, dabei spürte er, wie Hope unter seiner Berührung wohlig erschauerte. Der Kuss, der nun folgte, war unvermeidbar. Nach Atem ringend versuchte Miguel seinen Kopf wieder mit Sauerstoff zu füllen, während Hope schwerelos in seinen starken Armen hing und ihn mit verträumten Augen anblinzelte. Auch sie spürte den leichten Schwindel und das Nachbeben des erregenden Kusses, der ihre Körperglieder zu flüssigem Wachs zerschmelzen ließ. Noch nie hatte sie emotional so stark auf jemanden reagiert. Miguel fand als Erster seine Sprache wieder und sein Akzent schien sich durch die Erregung noch ausgeprägter hervorzuheben. „Komm, setzen wir uns in die Schaukel. Es ist an der Zeit, endlich einige Sachen zu klären."

Bereitwillig ließ sich Hope von ihm führen und bevor sie etwas erwidern konnte hob Miguel sie einfach auf seinen Schoß. Sanft strich er über das lockige Haar und küsste ihren Scheitel. Er sog den Duft nach Jasmin und Vanille ein, während seine Nasenflügel dazu leicht vibrierten. Das sanfte Schaukeln beruhigte ihre hämmernden Herzen und das leichte knatternde Quietschen der rostigen Scharniere hallte in die nächtliche Stille. Ab und zu vernahm man ein Rascheln aus den nahen Gebüschen, das jedoch wieder verstummte. Der Brasilianer schwieg und versuchte seine Gedanken in die richtigen Worte umzuformen. Seine tiefe Stimme erzitterte von Zuneigung und Sehnsucht erfüllt. Zum ersten Mal öffnete Miguel sich einer Frau: „Minha querida, du bist die Einzige, die es fertigbringt, meine Standhaftigkeit zu erschüttern. Ich bin dir mit Leib und Seele verfallen. Wenn das Liebe ist, was ich für dich empfinde, dann quäle mich nicht länger. Bitte öffne dein Herz und schenk es mir." Gerührt über die tiefen Gefühle, die er preisgegeben hatte, legte Hope ihre Hände an seine Wangen und küsste ihn zärtlich auf die Lippen, dann flüsterte sie: „So etwas Schönes hat noch kein Mensch zu mir gesagt. Für meine Mutter war ich stets eine Last, wenn ich nicht gerade als Aushängeschild für die Presse diente. Mallory Cohan ist karrieresüchtig und bevorzugt an erster Stelle, im Rampenlicht zu brillieren. Mein Vater, Brian Schnyder, ist ein eitler Gockel, dem die jungen Frauen und seine Musik mehr bedeuten als seine Familienangehörigen. Aufgezogen von verschiedenen Nannys war ich einsam, rebellisch und eine echte Plage für alle Beteiligten. Meine Kindheit hat mich geprägt. Meine erste Beziehung gebrandmarkt und die Exzesse mit Drogen und Sexorgien haben meine Gefühle verkrüppeln lassen." Miguel strich mit seinem Daumen die einzelne Träne fort, die sich aus den feuchten, glänzenden Augen gelöst hatte. Er wollte etwas Tröstendes erwidern, doch Hope hielt ihm den Zeigefinger auf die Lippen und sprach weiter. „Ich kann dir nicht versprechen, dass ich mit meinem Hintergrund überhaupt fähig bin, eine Beziehung einzugehen. Aber ich möchte es versuchen, denn wenn ich es schaffen kann, dann nur mit dir. Du berührst mich zutiefst und deine Stärke beeindruckt mich sehr. Auch ich lege mein angeknacktes Herz und meine verwundete Seele dir zu Füßen, denn ich weiß, du würdest mir nie wehtun."

Einen Augenblick verschmolzen ihre Blicke ineinander und es brauchte keine Worte, der innige Kuss genügte, bevor Miguel Hope ins Haus auf sein Zimmer trug, wo sie zum ersten Mal ihre Beziehung körperlich vertieften. Es war eine wunderschöne Erfahrung, die sie nie mehr vergessen würden.

Die Wochen vergingen schnell und der Prozess von Marcia Alves lief glatt über die Bühne. Zuvor wollte der Anwalt des Kartellbosses mit den Vereinigten Nationen über eine Auslieferung verhandeln, denn in den Gefängnissen von Südamerika herrschten barbarische Zustände. Doch die US-Amerikanische Behörde verweigerte dem Gefangenen seinen Antrag mit der Begründung, dass die brasilianische Behörde sein ansehnliches Vermögen bereits eingefroren hatte. Luis Cortes, der Buchhalter, der von L.A. eingeflogen wurde und mit seinen Beweisen den Drogenboss ganz zu Fall gebracht hatte, bekam von den Amerikanern lebenslängliche Zuflucht zugesagt. Auch verschiedene Zeugenaussagen, wie die der Freunde, und mehrere Verbrechen, die man ihm anlasten konnte, waren der Grund für seine Verurteilung. Marcia Alves würde eine lebenslange Haftstrafe absitzen und sein Vermögen übernahm der Staat. Wo das Geld hinfloss, wurde nie bekannt. Die Korruption nahm weiter ihren Lauf. Ein neuer Kopf übernahm den Drogenhandel und die Verbrecherrate blieb, wo sie seit jeher war, sehr hoch und undurchschaubar. Trotzdem wurde Brasilien die Heimat der sechs jungen Menschen. Sie hatten sich dort gefunden und zusammen für die Fazenda Verde gekämpft.

George Murray fand den vermissten Sohn von Antonio. Die verhaftete Donna Peressca, der Kopf der ACO in Europa, hatte ihre ausführlichen Berichte über die jahrelangen illegalen Geschäfte dem Staat übergeben. Damit konnte sie ihre Gefängnisstrafe etwas abmildern. Antonio und Confianza flogen gemeinsam als jungvermähltes Ehepaar nach Rom, um den vermissten Marco zu besuchen. Als sie jedoch mit den Eltern des adoptierten Jungen, nun Jean-Luca genannt, sprachen, wurde ihnen bewusst, wie hart es für den nun bald fünfjährigen Sohn werden würde, aus dem jetzigen Leben gerissen zu werden. Die angesehene Familie in Rom liebte das Kind von ganzem Herzen. So entschied Antonio zum Wohl aller Beteiligten, den verlorenen Sohn den Adoptiveltern zu überlassen und diesen Teil seines Lebens abzuhaken. Seine Ex-Frau Alberta lebte nun auf Kalabrien, hatte inzwischen wieder geheiratet und erwartete das zweite Kind. Albertas Gatte, mit dem Antonio zuvor gesprochen hatte, meinte, es wäre besser, ihr gar nichts davon zu erzählen. Die Aufregung könnte ihre Schwangerschaft gefährden. So flogen sie am nächsten Tag nach Brasilien zurück. Confianza hatte das Thema ihrer eigenen illegalen Adoption schon lange hinter sich gelassen. Für sie zählten die Zukunft und der Wiederaufbau der Plantage. Die Brasilianerin war eine gesunde fruchtbare Frau und gebar Antonio vier Kinder. Ihr Geheimnis, dass sie in der Favela in Rio de Janeiro geboren worden war, wurde nie gelüftet. Sie hatte das Privileg bekommen, in einer angesehenen liebevollen Familie aufzuwachsen. Das göttliche Vertrauen, das sie einst von ihrer leiblichen Mutter am Sterbebett vererbt bekommen hatte, gab sie auf eine natürliche Weise ihren Kindern weiter.

Hope und Miguel halfen mit, die Fazenda Verde wieder aufzubauen. Die Kalifornierin zeigte weder Interesse, in die USA zurückzukehren, noch ihre Tochter, die nie gestorben war, ausfindig zu machen. Hier in Brasilien hatte sie endlich ein Zuhause, eine richtige Familie und ihr Glück gefunden. Nach langem beharrlichem Drängen des Brasilianers willigte Hope endlich ein, Miguel zu heiraten. Neun Monate nach der Hochzeit gebar sie eine Tochter mit schwarzen Haaren, dunkler Haut und smaragdgrünen Augen. Miguel war so stolz, dass er vor Rührung weinte.

Bontà verkaufte ihr Geschäft in Lugano und wurde die Ehefrau und Buchhalterin von Bruce, der eine steile Karriere als Songwriter startete. Zusammen reisten sie in der Welt herum und bauten sich in den späteren Jahren ein schönes Haus auf dem Anwesen der Fazenda. Im Alter von vierzig Jahren gebar Bontà Bruce einen Sohn. Er war das Ebenbild seines bildschönen Vaters und die Klugheit seiner Mutter vervollständigte seinen Charakter. Als junger Mann übernahm Marcello in Rio das Amt des US-amerikanischen Botschafters. Die Menschen bewunderten seine Stärke und seinen Optimismus. Die drei Paare lebten glücklich, auch wenn sie sich ab und zu mit korrupten Institutionen herumschlagen mussten.

George Murray besuchte die Fazenda Verde alljährlich für drei Monate, bis er im Alter von neunzig Jahren einem Herzversagen erlag. Der Detektiv gehörte einfach zur Familie, denn er hatte viel dazu beigetragen, die Fazenda zu retten, und geholfen, die weltweit agierende kriminelle ACO zu entlarven. Der Weg des Schicksals hatte alle diese Menschen zusammengeführt.

WAS EIN MENSCH AN GUTEM IN DIE WELT
HINAUSGIBT, GEHT NICHT VERLOREN.

Albert Schweizer